LA COMTESSE MERLIN.

LOLA ET MARIA

I

PARIS,

L. DE POTTER, LIBRAIRE-ÉDITEUR,

Rue Saint-Jacques, 38.

1845

LOLA ET MARIA.

LIVRES DE FONDS.

—

GEORGE SAND.

BALZAC.

Mᵐᵉ MÉLANIE WALDOR.

Mᵐᵉ LA COMTESSE D'ASH.

S. HENRY BERTHOUD.

TOUCHARD LAFOSSE.

Sceaux. — Impr. de E. Dépée.

LA COMTESSE MERLIN.

LOLA ET MARIA

I

PARIS,
L. DE POTTER, LIBRAIRE-ÉDITEUR,
Rue Saint-Jacques, 38.
1845

LOLA.

LOLA.

Dans l'année 1809, on voyait à l'entrée de la ville d'Ocaña, à deux lieues d'Aranjuez, une maison en briques, aux fenêtres petites et irrégulières, avec un perron de quelques marches en pierres de taille et une

double rampe. Au-dessus de celle-ci s'avançait une terrasse couverte d'un auvent de
toile, et gracieusement ornée de pampres et
de lierre qui, grimpant en guirlandes, allaient tapisser le parapet et s'entrelaçaient autour de deux énormes cages d'oiseaux, sus-
pendues à ses extrémités. Les oiseaux, égayés
par la vue de la verdure, jetaient aux vents
leurs ramages divers et attiraient l'attention
des passans.

Sur la terrasse, bien arrosée et tapissée d'une
natte de|paille tressée avec moins d'art que de
propreté, on voyait quelques escabeaux et un
banc de bois de cèdre poli et luisant ; puis au
milieu se dressait un fauteuil en cuir de Cor-
doue, un peu usé, mais soigneusement garni
de coussins, et entouré de petites recherches
où l'intelligence du dévoûment se laissait

deviner ; on aurait dit que l'amour filial avait passé par là. A côté du fauteuil était un rouet ; puis, un peu plus loin, une table, sur laquelle on remarquait plusieurs ouvrages de femme, des livres de dévotion, et un chat qui, profitant de la solitude où on le laissait, planait sur tout cela, mordait les feuillets, roulait et déroulait les pelottes, sautant de l'une à l'autre comme un écureuil.

« — *Gourou !* s'écria une jeune fille qui venait d'entrer en courant vers la table pour rétablir l'ordre, pendant que le chat, en se sauvant, renversait tout sur son passage ; tu es bien méchant ce matin ; mais, aussi, tu n'auras pas la moindre friandise aujourd'hui, et tu ne coucheras pas dans ma chambre cette nuit... Là ! voilà le rouet renversé, les laines embrouillées !... Que de peine pour ma

tante avec ses pauvres doigts endoloris !...
Mais elle fait encore sa prière du matin, et
je vais en profiter pour remettre tout en
place ! »

Et rangeant chaque objet avec autant de
vivacité que le chat en avait mise à les déran-
ger, elle eut bientôt rétabli l'ordre autour
d'elle.

« — Lola ! Lola ! cria une voix chevro-
tante de l'intérieur de la maison; et la jeune
fille d'accourir. »

Un instant après elle reparut sur la terrasse,
donnant le bras à une femme âgée, qui paraissait avoir de la peine à marcher. Elle l'installa
sur le fauteuil, et se mit à travailler auprès
d'elle.

« — Don Sinforiano n'est pas encore venu,

mon enfant? demanda doña Noberta à sa nièce.

» — Non, ma tante, mais il vous a envoyé la *Gazeta de Cadix,* en recommandant avec insistance qu'on la cache à tous les yeux, et qu'on vous la lise jusqu'à la fin, parce qu'elle contient de très bonnes nouvelles pour les nôtres (1) (*los nuestros.*)

» — Et pourquoi n'est-il pas venu me la lire lui-même? Je préfère toujours cela ; il fait valoir les choses, en les présentant de son point de vue à lui; il me les fait mieux comprendre. Je suis sûre que la *Gazeta* d'aujourd'hui contient le rapport de quelque échauffourée ou bataille, que les Français se seront

(1) Manière dont on désignait les patriotes pendant la guerre avec la France, dans les pays occupés par l'armée française.

déjà vantés d'avoir gagnée ; ils n'en font pas d'autres. Aussi, je n'ajoute jamais foi à ce qu'ils débitent dans leurs *Diarios* de Madrid ; il n'y a de vrai que les nouvelles publiées à Cadix.

» — C'est bien l'avis de don Sinforiano. Hem ! (ici doña Noberta soupira) ce qu'il y a de certain, c'est que les voilà déjà en route pour l'Andalousie, et Dieu sait s'ils n'arriveront pas jusqu'à Séville !

» — Don Sinforiano n'a pas pu venir ce matin, ma tante, parce qu'il a été à Albacete faire une saignée à la femme du sacristain, qui est fort malade ; mais il reviendra ce soir. Il faut d'ailleurs qu'il installe chez lui le colonel français qu'on lui a envoyé en garnisaire, et si vous voulez, nous l'attendrons pour lire la *gazeta*.

» — Volontiers, je le préfère. »

Un moment de silence succéda à ce dialogue, interrompu seulement par le chant des oiseaux et le tic-tac régulier du rouet. Ensuite la jeune fille reprit.

« — Croyez-vous, ma bonne tante, que mon frère soit de retour aujourd'hui? Depuis une semaine qu'il est absent, j'ai le cœur tout triste; mes oiseaux ne m'amusent plus, et je suis toujours prête à battre *Gourou?...* Mais aussi, pourquoi s'en aller de l'autre côté? (1. C'est à présent son tour de tirer au sort. . S'il allait avoir un mauvais numéro?

» — Que faire, mon enfant? répondit doña Noberta. Nous manquerons peut-être du nécessaire, mais il faut se résigner; c'est son

(1) Désignation de la partie de l'Espagne qui n'était pas encore occupée par les troupes françaises.

devoir de servir son pays, et il faut qu'il paie sa dette à son tour.

» — Mais, ma tante, ne savez-vous pas que, si Francisco part, j'en mourrai? C'est tout ce qui me reste de mon père et de ma pauvre mère; puis, la guerre est si cruelle!... Si mon frère allait être tué?... »

La jeune fille pâlit et laissa tomber son ouvrage.

» — Repousse ces tristes idées, mon enfant, reprit doña Noberta. Les bontés de monsieur le marquis de Altamonte l'ont mis à même de subvenir jusqu'à présent à son existence et à la nôtre. Avec une telle protection, je ne doute pas que son avenir ne soit assuré. »

Lola reprit son ouvrage, baissa la tête et garda le silence. Dans ce moment, don Sinforiano parut à la porte.

« — Dieu soit avec vous, mesdames ! dit-il en entrant et prenant familièrement sa place accoutumée, entre la tante et la nièce ; puis, baissant la voix et d'un air mystérieux :

» — Avez-vous lu la nouvelle ? ajouta-t-il en s'adressant à doña Noberta.

» —Non, mon voisin, je vous attendais pour nous la lire.

» — Oh ! vous allez voir. »

Et prenant la *Guzeta de Cadix*, il commença ainsi :

« —Hier, la troupe de Javier Mina a écharpé, » dans les environs de Roncal, le nombreux con- » voi qui arrivait de France. Tout ce qui a » résisté a été passé au fil de l'épée. Les femmes » et les enfans sont déposés chez les habitans » et ne seront rendus qu'en échange de » la troupe del Pastor, surprise par l'ennemi

» à six lieues de Aranda de Duero, le mois
» d'avril dernier ; en attendant, la vie des pri-
» sonniers restera confiée à l'humanité de leurs
» hôtes. »

» — Ah ! quant à cela, c'est juste!... s'écria
don Sinforiano en interrompant sa lecture.
Qu'on tue l'ennemi au champ de bataille,
sur les grandes routes, au coin d'une rue;
qu'on le massacre; qu'on lui lance une balle
à la tête quand il se défend ou quand il dort :
tout est permis pour se délivrer des ennemis
du roi et de la patrie; mais sous le toit d'un
Espagnol, l'ennemi devient un hôte, et la
sainte hospitalité le couvre de son manteau.

» — C'est bien, voisin! voilà comment j'entends l'hospitalité..... Quant à l'affaire de
la balle et du massacre, vous me permettrez
de ne pas être de votre avis.

' » — Señora doña Noberta, la guerre n'est pas faite pour les femmes..... Mais, à propos, je loge chez moi le colonel du régiment qu'on nous envoie, pour quelques jours, sans doute, en garnison. Brave et beau garçon, en vérité! c'est dommage qu'il soit Français. Mais, au fait, ce n'est pas ma faute ni la sienne. Il est mon hôte, et je lui ai cédé ma chambre à coucher, comme étant la plus grande et la plus aérée de la maison. Il m'a demandé des renseignemens sur mon voisinage...., et je soupçonne même qu'il vous a déjà aperçue ce matin, car il m'a dit avoir passé le temps, pendant mon absence, à entendre chanter vos oiseaux. Il en est grand amateur, en connaît toutes les espèces, les maladies, les ramages divers, et m'a témoigné le désir de vous être présenté.

» — Je ne vois pas d'inconvénient, don Sinforiano, si c'est un galant homme, ré pondit doña Noberta; mais croyez-vous que, dans l'humble ménage d'une pauvre femme comme moi, un colonel.....

» — Allons donc, doña Noberta! le cœur ennoblit tout, et le vôtre n'a pas son pareil.... D'ailleurs, votre connaissance dissipera l'ennui du colonel, qui me paraît une ame en peine. Depuis qu'il est arrivé, il ne fait que se promener de long en large sur le devant de la maison; et comme il est mon hôte, vous comprenez que je ne suis pas fâché de lui procurer quelque distraction. »

Le lendemain matin, le colonel Saint-Aubin fut présenté à doña Noberta et à sa nièce. On le reçut avec cette cordialité naïve, propre aux gens simples et honnêtes, chez lesquels l'idée du mal n'arrive que lorsqu'il n'est plus temps d'y porter remède.

Lola avait seize ans, des yeux noirs d'une admirable beauté, le pied mignon, la taille cambrée; son nez, d'une extrême finesse, était en parfaite harmonie avec une petite bouche vermeille, aux gracieux contours, et surmontée d'un léger duvet, asile de plaisirs dignes d'être offerts aux anges, si une fois les anges pouvaient se plaire au bonheur des hommes. Mais toutes ces grâces natives, ces attrayantes et hâtives révélations reposaient encore dans l'humble retraite, protégées par la pureté enfantine de Lola, par son innocente candeur; et lorsqu'elle abaissait ses beaux yeux, et que ses longs cils répandaient une ombre pleine de mystère et de volupté sur des joues d'un brun rosé et transparent, on ne savait pas si on adorait un chérubin ou une fille ravissante.

Son père, don Louis de Alvarez, hidalgo pauvre, mais rempli d'honneur, avait suivi, à vingt-deux ans, son régiment à Oran en qualité de sous-lieutenant.

Il devint éperdument amoureux de la fille de son colonel, qui le paya de retour; mais n'osant pas prétendre à sa main, il s'en éloigna. Dans son désespoir, il se décida à se faire tuer. Il était toujours le premier à la brèche ou à l'assaut; toutes les missions périlleuses étaient vivement sollicitées par lui; mais sa témérité ne lui procurait que la gloiret la mort semblait fuir devant lui.

Tant de bravoure attira l'attention et l'intérêt de ses chefs : il obtint de l'avancement,

et ne tarda pas à être nommé lieutenant ;
mais Alvarez était indifférent à tout.

Un jour, il eut le bonheur de sauver la vie
à son colonel.

» — Venez me voir, lieutenant Alvarez, lui
dit-il ; dès aujourd'hui, regardez ma maison
comme la vôtre.

» — Merci, mon colonel ! Au camp, vous
me trouverez toujours prêt à défendre votre
vie aux dépens de la mienne; mais chez vous,
mon colonel, je ne retrouverais plus mon
courage.

» — Et si, comme votre chef, je vous or-
donnais d'y venir ?

» — Non, mon colonel, cela ne se peut pas :
vous ne pouvez pas m'ordonner d'être un
lâche.

» — Comment l'entendez-vous ?

» — C'est que, mon colonel.....

» — Eh bien?

» — J'aime mademoiselle votre fille. Je sais qu'elle ne sera jamais la femme d'un pauvre lieutenant, et je préférerais avoir en face de moi une batterie de cent canons prêts à faire feu, que les deux yeux de mademoiselle Margarita.

» — Et si je vous la donnais, lieutenant?

Alvarez regarda le colonel; une larme brilla dans ses yeux.

» — C'est parce que je vous ai sauvé la vie, mon colonel?.... Alors, reprenez votre présent, car je ne pensais pas à mademoiselle votre fille lorsque les chevaux des mécréans se ruaient sur mon corps sanglant, et que, de leurs pieds ferrés, ils frappaient rudement mon crâne fendu.

» — Non, lieutenant, vous épouserez ma fille, parce que vous avez un noble cœur, qui vaut mieux que la fortune. En vous appelant mon gendre, c'est un choix que je fais et non une récompense que j'accorde.

Le lieutenant et Margarita furent mariés et au comble de la joie. Le siége d'Oran se prolongea et leur séjour en Afrique aussi. Margarita eut un fils. Elle n'aurait rien eu à désirer, et son bonheur aurait été complet, si le danger auquel le lieutenant était constamment exposé ne l'eût livrée aux plus vives angoisses. Son imagination, exaltée par son propre bonheur, la rendait encore plus craintive. Souvent, au milieu des joies maternelles, des larmes s'échappaient de ses yeux et retombaient sur les joues vermeilles et souriantes de son premier né, comme les gouttes de la rosée du

matin tombent sur la rose épanouie par le
soleil. Une frayeur vague s'emparait d'elle ;
alors, elle pressait l'enfant contre son sein.

— Mon Dieu ! disait-elle ; quelle est cette
inquiétude qui m'obsède ? Je suis pourtant
heureuse... trop heureuse peut-être.... et la
douleur n'est pas loin !... Après les profon-
des jouissances de l'amour et de la maternité,
nous autres femmes, nous n'avons plus qu'à
craindre dans ce monde.

Les douceurs de la vie intérieure n'avaient
pas amolli le courage d'Alvarez ; toujours
entreprenant et hardi, il allait au-devant des
dangers. Une nuit, il faisait la ronde, accom-
pagné seulement d'une ordonnance ; l'ennemi,
averti par la sentinelle, fit une sortie et tomba
sur lui. Le soldat fut tué d'un coup de lance.
Alvarez, au lieu de chercher à se ménager

une retraite à la faveur de la nuit, tint tête à
l'ennemi, et se défendit comme un lion. Mais
le nombre l'emporta, et le lieutenant resta sur
la place, mort et couvert de blessures, laissant
Margarita encore enceinte.

Livrée au désespoir, Margarita ne fit que
languir, et mourut en mettant son enfant
au monde. Son père ne tarda pas à la suivre, et les pauvres petits orphelins furent
confiés à une tante d'Alvarez, femme simple, de mœurs pures et très pieuse. Son
frère, curé de village, homme éclairé et
vertueux, l'avait élevée dans l'amour et la
crainte de Dieu. N'ayant jamais senti les joies
et les tourments de l'amour, le cœur de doña
Noberta ne connaissait que les douceurs
d'une vie calme et régulière ; elle n'avait pas
voulu se marier ; ses devoirs religieux, l'édu-

cation de sa nièce et les soins du ménage
avaient rempli sa vie. Malgré la modicité de
sa fortune, doña Noberta trouvait encore
moyen de faire l'aumône; elle était de bon
conseil, et ne manquait jamais d'un mot
consolant pour les gens pauvres ou affligés;
affectueuse avec ses voisins, elle profitait toujours de l'occasion pour leur rendre de petits
services.

Don Sinforiano, le médecin, était son plus
vieil ami; depuis trente ans, il venait la
voir tous les jours à la même heure, s'éta-
blissait auprès d'elle, lui faisait la lecture,
lui donnait les nouvelles politiques, qui se
résumaient, depuis le commencement de la
guerre, au triomphe des Espagnols et aux dé-
faites des Français, ou bien, dans les mo-
mens de bonne humeur, il lui racontait, en

fnmant, les anecdotes et bruits publics ; mais si sa malice allait s'égayant, doña Noberta le combattait, excusait tout ou n'y comprenait rien. Du reste, il avait une très grande influence sur son esprit ; rien ne se faisait dans la maison sans qu'on le consultât ; pourtant, jamais il ne fut question d'amour entre eux, et le respect qu'inspirait doña Noberta empêcha les gens du quartier d'exercer leur malice à ce sujet.

A la mort de son frère, doña Noberta avait été dangereusement malade. Les soins qu'elle lui avait donnés et la douleur que sa perte lui avait fait éprouver, l'accablèrent à la fois Depuis lors, elle sentait dans les membres une grande faiblesse qui lui interdisait tout exercice. Mais elle était bien dédommagée des privations auxquelles elle était condamnée, par les soins et la tendresse filiale de sa nièce, dont le charmant caractère et la gaîté naïve portaient d'ineffables douceurs dans sa vie bornée.

Le marquis de Altamonte avait fait ses premières armes avec le lieutenant Alvarez, dont le courage chevaleresque et le dévoûment lui avaient inspiré l'attachement le plus tendre. A la mort de la femme du lieutenant, le marquis se chargea de l'éducation du jeune Francisco ; plus tard, il le fit son secrétaire. Presque la totalité des appointemens d'Alvarez fut consacrée à l'entretien de sa sœur, qu'il aimait tendrement, et toutes les fois que son service lui permettait de s'absenter, il allait passer quelques heures auprès d'elle.

Entièrement dévoué à la cause nationale, le marquis avait des relations secrètes avec la

junte de Séville, et envoyait souvent son pro-
tégé, de Baylen, où il habitait, à Séville, avec
des missions diverses près des membres du
gouvernement. Depuis le jour de la bataille
d'Almonacid, cette correspondance était devenue plus active, et depuis quinze jours le
jeune Alvarez n'avait point paru à Ocaña. Sa
sœur, habituée à le voir régulièrement une
fois par semaine, commençait à s'inquiéter
de son absence. Une levée secrète de jeunes soldats devait s'effectuer en faveur de la
cause nationale dans les pays occupés par les
troupes françaises. Francisco était du nombre
de ceux qui devaient tirer au sort ; Lola le
savait et n'y pensait qu'avec une frayeur extrême. Son amour pour son frère était sa vie
tout entière ; c'était le parfum exquis des
premières affections de son cœur. N'ayant

connu ni son père ni sa mère, elle avait reporté ,
depuis l'enfance, toutes les tendresses de son
âme sur son frère ; il était sa joie et son espérance ; et cette affection était d'autant plus
vive qu'elle réunissait en elle seule les douceurs attachantes de la camaraderie de l'enfance aux idées de force et de protection, au
charme pur et sans tache de l'amour des deux
sexes entre deux anges.

L'habitude de suivre toujours l'avis de don
Sinforiano avait porté doña Noberta à recevoir sans difficulté le colonel Saint-Aubin;
mais elle ne tarda pas à songer aux opinions
politiques de son neveu et aux inconvéniens
qui pouvaient résulter de la présence d'un
Français chez elle au retour d'Alvàrez ; il
était trop tard. Don Sinforiano se chargea de
négocier une trève entre les deux jeunes

gens ; d'ailleurs, le régiment pouvait recevoir l'ordre de partir pour une autre destination avant l'arrivée de Francisco.

Le colonel Saint-Aubin appartenait à une famille noble du Poitou. Entré fort jeune au service militaire, il avait dû son avancement rapide, autant à son courage, qu'à la destruction causée dans les rangs de l'armée française par une guerre violente et meurtrière. Comme tous les militaires en campagne, Saint-Aubin vivait au jour le jour; ignorant les douceurs de la vie intérieure et des habitudes régulières, toutes les émotions de son cœur s'étaient bornées jusqu'à ce jour aux conquêtes faciles et aux intrigues passagères de garnison. Insoucieux de la vie et de l'avenir, il prenait le plaisir là où le hasard le lui présentait, avec d'autant plus d'emportement qu'il s'atten-

dait aux privations du lendemain. La séduc-
tion d'une jeune fille n'avait pas plus d'importance à ses yeux, qu'une partie d'échecs, avec
la seule différence qu'il ne se serait pas permis
de tricher au jeu et que toutes les ruses lui
paraissaient bonnes pour réussir dans l'autre;
car, pointilleux à l'excès sur l'honneur en face
de ses camarades, il se jouait gaîment du bonheur et de l'honneur d'une femme; indiscret
autant qu'amoureux, on ne savait pas ce qui
lui tenait le plus au cœur, le bonheur du triomphe ou celui de raconter son succès; du reste,
gai, étourdi, n'attachant pas d'importance au
mal qu'il faisait aux femmes sans s'en douter,
et toujours prêt à le réparer par des dédom-
magemens matériels ou par des services réels.
Il était grand, élancé, et montait à cheval
avec grâce. Ses yeux bleus, son regard vif et

hardi, ses petites moustaches blondes retrous-
sées, ce je ne sais quoi d'audacieux dans le
port, de franc dans le sourire, et, comme
disaient les soldats, de *crâne* dans toute sa personne, devaient lui bien servir auprès des femmes, en général très portées à croire les con-
quérans sur parole.

Pour la première fois, le colonel Saint-Aubin se crut amoureux. La vue de Lola l'avait
séduit dès le jour de son arrivée à Ocaña, et
profitant de la bonhomie de son hôte, il se
fit présenter chez doña Noberta. Lorsqu'il con-
nut la jeune fille, sa candeur et son innocence le surprirent et le charmèrent. Il se
sentit d'abord, et contre son habitude, embarrassé en songeant aux difficultés qu'il lui
faudrait surmonter avant d'atteindre son but.
Comment ébranler tant d'honnêteté, cor-

rompre tant de vertu ? La réserve ingénue
de Lola lui donnait une force inconnue aux
yeux de son séducteur, et, pour la première
fois, il se prit à craindre et à respecter une
femme. Néanmoins, cette retenue ne dura
pas longtemps ; l'accès facile qu'il avait trouvé
dans la maison lui ménageait de fréquentes
occasions de voir la jeune fille, et enflammait
chaque jour davantage sa passion pour elle,
sans lui donner le courage d'oser la lui dé-
voiler encore.

Saint-Aubin parlait fort bien la langue
espagnole et profitait de cet avantage pour
captiver l'amitié de doña Noberta. En peu
de jours une sorte de confiante affection s'é-
tablit entre le colonel et la tante, encou-
ragée par le médecin don Sinforiano, qui
voulait, envers et contre tous, faire les hon-

neurs à son hôte, dont les manières franches
avaient gagné son cœur; et si quelque nouvelle
politique favorable à l'armée française, ou
le récit d'une nouvelle violence de la part
des Français contre les Espagnols, venait agi-
ter son ame ou exciter son ressentiment contre l'ennemi, il cherchait alors à se justifier
de son bon vouloir pour le colonel, en se
répétant à lui-même : « Au fait, il est mon
hôte, et les droits de l'hospitalité sont sa-
crés ! »

» — Le colonel n'est pas venu nous voir ce matin, ma fille? En as-tu des nouvelles? dit un jour
doña Noberta à sa nièce, assise à peu de distance d'elle, occupée à préparer un nid pour
son oiseau favori.

» — Don Sinforiano nous en donnera, répondit-elle... Qu'est devenu votre hôte de-

puis hier, mon voisin? ajouta la jeune fille en s'adressant au docteur. On l'a vu au point du jour traversant le pont à cheval, et suivi de quelques ordonnances. On dit qu'il est allé à...

» — A Aranjuez, interrompit don Sinforiano, ne voulant pas qu'un autre sût aussi bien que lui les secrets de son hôte. Il a été au-devant du père Consolation, qui va à Séville avec une mission secrète de l'intrus..... C'est un mystère, ajouta-t-il à voix basse.

» — *Ave, Maria!* comment un honnête religieux peut-il marcher avec nos ennemis? s'écria doña Noberta.

» — Laissez, laissez donc, doña Noberta! répliqua don Sinforiano d'un air emphatique; qui vivra verra, et chacun aura la part qui lui est due à la fin des fins. Quant à mon hôte,

il sera de retour avant la nuit; et ne man-
quera pas de venir vous voir aussitôt qu'il
sera arrivé, je n'en doute pas..... Mais, continuons notre lecture de ce matin; elle m'intéresse : il y a quelquefois du bon dans ces
infidèles.

Après ce préambule, don Sinforiano s'empara d'un gros volume de la *Cronica de
Ayala*, de fraîcheur équivoque, qui se trouvait
sur la table; ensuite il appliqua à ses narines
une bonne dose de tabac, secoua ses doigts,
et, passant les branches de ses lunettes derrière ses oreilles, il leva le nez au vent et se
mit à lire à haute voix :

« — Don Alonso de Léon , vaincu par son
» frère don Sanche de Castille , fut obligé
» par celui-ci d'embrasser la vie religieuse;

» mais, comme l'habit ne fait pas le moine,
» une tristesse amère s'empara du cœur du
» prince ; ce qui étant arrivé à la connais-
» sance de sa sœur aînée, doña Urraca, elle
» envoya des émissaires secrets pour le faire
» évader et l'engager à demander asile au
» roi maure de Tolède. »

» — Mais il me semble, voisin, dit doña
Noberta en interrompant la lecture, qu'elle aurait mieux fait de le mettre sous la protection
de tout autre roi chrétien !

— Je pense, ma tante, et sauf votre avis,
que doña Urraca ne songeait qu'à sauver son
frère; et pour un tel but, tous les moyens sont
bons.

» — C'est que, précisément, c'étaient les
rois chrétiens, reprit don Sinforiano en s'a-

dressant à sa vieille voisine, et qui plus est,
les propres frères de don Alonso, qui le per-
sécutaient à outrance comme de mortels ennemis; car vous ignorez peut-être, voisine
(ici don Sinforiano absorba une nouvelle prise
de tabac), vous ignorez que sur le trône, dans
ce tems là, il n'y avait ni amis ni ennemis, ni
justice ni injustice : tout forfait était licite,
s'il pouvait satisfaire une ambition ou la passion
dominante du souverain; et certes, dans la
situation où se trouvait notre jeune prince, le
Maure valait mieux que les chrétiens.....
Mais, continuons.

« Don Alonso suivit le conseil de sa sœur,
» et lorsqu'il se trouva en face du roi maure,
» il lui dit, les larmes dans les yeux et la
» poitrine gonflée de soupirs :

» — Je serais heureux, fameux roi Alme-
» non, si je pouvais gagner, par quelque ser-
» vice éclatant , l'hospitalité que je viens te
» demander. Mais telles sont les chances de
» la vie : j'étais roi puissant hier, aujour-
» d'hui je ne suis plus qu'un pauvre exilé.
» Je viens me confier à ta vertu, sans que la
» différence de religion m'arrête. Les ames
» généreuses se comprennent dans toutes les
» langues, et mon père don Fernando fut ton
» ami. »

» — Vous entendez, ma tante? le catholique
don Fernando.

» — C'était à coup sûr un grand honneur
pour le mécréant; mais au fait, comme dit
don Sinforiano..... non , mais comme dit le
prince, les ames nobles.....

Don Sinforiano continua :

» — Il n'y a pas de prospérité sans gran-
» des tribulations, répondit le Maure, mais
» qui sait souffrir sait vaincre. En attendant
» que la fortune change, ma maison, mon
» royaume et ma personne sont à toi.

» Depuis ce moment, don Alonso fut traité
» en prince : il eut un palais en ville, et une
» maison de campagne sur les bords du Tage.
» Il allait toujours à la chasse avec le roi
» maure, qui se plaisait à le traiter avec une
» parfaite courtoisie.

» Un soir, don Alonso et le roi Almenon,
» suivis d'une cour nombreuse, se prome-
» naient dans un des jardins du palais. La
» chaleur était brûlante ; on s'assit à l'om-
» bre des arbres, et don Alonso s'endormi

» sur l'herbe. Le roi maure, respectant le
» repos de son hôte, s'écarta un peu du lieu
» qu'il occupait, et continua à causer avec
» ses courtisans. Tout en conversant des
» affaires de l'état et des chances de la
» guerre contre les chrétiens, le roi contem-
» plait en face de lui les forteresses de la ville
» et s'écria :

» — Tant que ces tours s'élèveront vers le
» ciel, Tolède sera invincible !

» Les courtisans applaudirent : un seul,
» vieux guerrier, osa combattre l'opinion du
» roi, et lui prouva, par de savans calculs,
» que, si les chrétiens s'y prenaient de telle
» façon, à lui connue et dont il développa le
» plan, la ville serait en leur pouvoir, sans
» avoir besoin de détruire ses tours.

» À peine ce secret fut-il dévoilé que les

» courtisans, songeant à la présence du prince
» étranger, et soupçonnant qu'il ne dormait
» pas, mais faisait semblant de dormir, pro-
» posèrent au roi de le mettre à mort sur
» l'heure.

» — Périsse plutôt mon royaume, s'écria
» le roi maure, que de manquer à ma parole
» et aux droits de l'hospitalité! »

Ici don Sinforiano, frappant un grand coup
sur le livre ouvert qu'il tenait sur ses genoux :

» — Voilà un roi! s'écria-t-il, un grand
homme! un homme de cœur! qui valait bien
un bon chrétien!

Il allait poursuivre le cours de ses idées
chevaleresques, lorsque des pas de chevaux
se firent entendre dans la rue : un instant

après, le colonel Saint-Aubin entrait dans la
maison.

» — Bonjour, ma bonne doña Noberta, dit-
il à la maîtresse du logis, en lui prenant les
deux mains et les lui pressant affectueuse-
ment entre les siennes, pendant que doña
Noberta le regardait d'un air attendri à travers ses lunettes.

» — Tenez, ma bonne voisine, voyez, je ne
vous ai pas oubliée pendant cette courte absence : servez-vous dorénavant de cette tabatière en souvenir d'un ami.

Et déversant lui-même le tabac de la bonne
vieille d'une tabatière dans l'autre, il lui
présenta la plus jolie boîte que les marchands
d'Aranjuez eussent pu lui fournir.

» — Merci, monsieur le colonel, merci ! lui
répondit doña Noberta, en examinant son ca-

deau avec une joie, d'enfant; que vous êtes
bon de vouloir ainsi vous occuper d'une pauvre vieille femme!

» — Je n'ai pas non plus oublié ma jeune
voisine, reprit le colonel avec un sourire
charmant, en jetant un coup-d'œil presque
timide sur Lola, qui, toute joyeuse de la joie
de sa tante, venait de s'approcher d'elle pour
examiner à son tour la tabatière.

» — Et si vous voulez me servir d'interprète,
j'espère que la señorita ne refusera pas ces
boucles d'oreilles, et ce peigne pour soute-
nir sa mantille.

Doña Noberta prit les bijoux des mains du
colonel; elle le remercia pour sa nièce et les
remit à celle-ci en lui disant :

— Mon enfant, tu peux bien accepter ce
présent de notre brave ami.

Et voyant que Lola hésitait en rougis-
sant :

— Je sais bien ce qui se passe dans ta
tête; mais va, ne crains rien: la guerre est au
champ de bataille; sous le toit d'une pauvre
femme, on ne doit trouver que la paix et
l'affection; car, comme dit don Sinforiano,
le foyer domestique doit être le dépositaire
des épanchemens du cœur et le gardien de
son hôte.

Lola jeta un regard angélique sur le colonel, et se mit ensuite devant un miroir
pour essayer ses boucles d'oreilles en amé-
thyste, et son peigne d'or, qu'elle plaça co-
quettement sur le côté; ensuite, prenant une
rose, elle l'enfonça au-dessous du peigne, et
la rose se pencha doucement sur sa tempe,
couverte d'un bandeau de cheveux noirs, gra-

cieusement arrondi sur sa joue veloutée et
qui fuyait derrière la plus jolie petite oreille
qu'ait tracée le pinceau de Murillo.

Dans la première jeunesse, la douleur est
fugitive; l'insouciance de l'âge repousse les
pensées graves; on ne demande qu'à vivre et
à jouir.

Lola, ainsi parée et belle comme un beau
jour des tropiques, se souriait à elle-même, et
jouissait par avance de toutes les joies ins-
tinctives de l'amour sans en avoir conscience.
Elle fut plus aimable, plus expansive que
d'habitude avec le colonel, dont le cœur dé-
bordait d'amour.

L'espérance de réussir bientôt tint Saint-
Aubin éveillé toute la nuit. Il appelait avec
impatience le jour, pour retourner chez doña
Noberta, et n'avait d'autre pensée, d'autre dé-

sir, que de revoir, de contempler cette enfant adorable qu'il croyait déjà tenir sous sa
puissance, et qui bouleversait ainsi tous ses
sens.

» — Savez-vous, ma tante, que ce monsieur
de Saint-Aubin est bien aimable? L'avez-
vous vu sur son cheval? Comme il le mène
avec grâce, et comme son uniforme de hus-
sard lui va bien! dit Lola à sa tante, après
que le colonel fut sorti de chez elle, et encore toute charmée du présent qu'il lui avait
fait.

» — Sans doute, ma fille, c'est un galant
homme.

» — Mais, reprit Lola, je ne sais quelle peur
me prend à présent, en songeant au retour
de mon frère. S'il allait désapprouver les

visites du colonel? Vous savez comme il est sévère.

» — Oui, mais monsieur de Saint-Aubin est si poli et si bon enfant! Je suis convaincue qu'il le séduira. D'ailleurs, c'est l'hôte de don Sinforiano, et Francisco n'osera pas lui faire de la peine.

» — Je pense que je puis garder mon peigne et mes boucles d'oreilles jusqu'au soir..... Qu'en dites-vous, ma tante? ils me vont si bien! Ne pensez-vous pas qu'il faudra que nous allions après dîner chez la femme du sacristain, dont le mari a été si malade? C'est sa fête aujourd'hui, et je voudrais lui porter un petit cadeau que je lui ai préparé. Nous irons bien doucement, ma bonne tante, et je vous soutiendrai : vous savez que je suis forte?

En disant ces mots, Lola s'était placée derrière le fauteuil de doña Noberta, et baissant la tête, elle allait appuyer ses lèvres vermeilles sur le cou de sa tante, lorsqu'elle sentit une main forte, mais tremblante, qui, se posant sur ses yeux, l'arrêta.

» — Mon frère! s'écria-t-elle, *Francisco mio* !

Et penchant le corps en arrière, elle tomba, défaillante de joie et de surprise, dans les bras d'Alvarez qui, l'œil humide, la comblait de caresses, en lui adressant mille paroles tendres et sans suite.

Doña Noberta les contemplait en attendant son tour, lorsque, tout à coup, et comme s'il eût été mordu par une vipère, Francisco repoussa sa sœur, et, la regardant attentivement, lui dit d'un ton sévère :

» — Lola, d'où viennent ces bijoux?

Lola pâlit et garda le silence. Cette question brusque, ce changement subit dans les
manières de son frère l'effrayèrent; elle pensa
au colonel; ses craintes se réveillèrent, et
croyant voir déjà Francisco aux prises avec
lui, elle fondit en larmes.

» — Réponds, Lola, je t'en conjure! mais
réponds donc!

Et voyant que la pauvre fille continuait à
garder le silence, il se rapprocha d'elle prit
ses deux bras qu'il pressa de ses mains puissantes et s'écria.

» — Ma sœur! ma sœur! parle, ne me fais
pas mourir!

Ces paroles étaient accompagnées d'une
angoisse inexprimable. La taille élevée et
l'attitude sévère de Francisco, son teint ba-

sané, son nez mince, l'imposante inquiétude
de sa physionomie et le regard profond et
scrutateur qu'il lançait sur Lola, ne faisaient
qu'accroître la crainte de cette dernière.

Doña Noberta, affectée douloureusement de
cette scène, s'empressa d'appeler l'attention
de son neveu en lui disant :

» Francisco, laisse en paix cette pauvre enfant et viens ici, je t'expliquerai tout. Il ne
faut pas s'effaroucher ainsi pour rien ; la chose
est fort simple.

Alors doña Noberta raconta, avec toute la
sincérité de son ame, comment elle avait fait
connaissance avec le colonel, les rapports
d'intimité qui s'étaient établis entre eux, et
la manière dont il leur avait fait des cadeaux
le jour même.

Pendant ce récit, le jeune homme pouvait

à peine retenir som impatience. Cependant,
il tâcha de se contenir par respect pour sa
tante ; et lorsqu'elle eut achevé :

» —Ma tante, lui dit-il, votre cœur vous a
égarée, et don Sinforiano a manqué de pru-
dence dans cette occasion. J'entends que Lola
renvoie ce soir même au colonel français les
bijoux qu'elle a reçus de lui. Je suis obligé
de repartir cette nuit ; dans huit jours, peut-
être avant, mon sort sera arrêté : en attendant, je vous en conjure, ma tante, ne recevez
plus cet étranger chez vous. Pour l'amour de
ma sœur, dont la réputation est peut-être
déjà compromise , défendez-lui tout accès
près d'elle. Vous aurez bientôt de mes nouvelles.

» —Et toi—dit-il à sa sœur qui, plus calme,
s'était rapprochée de son frère après s'être

dépouillée des cadeaux dont elle s'était ornée; — et toi, pauvre enfant, pardonne à un
frère qui t'aime tendrement... au gardien de
ta vertu et de l'honnéur de la famille, un
moment d'alarme et d'erreur..... Songe,
hélas! que le jour n'est pas éloigné, où toutes
les responsabilités de ta vie pèseront sur toi
seule; et si je suis obligé de té quitter..... de
m'éloigner de toi, peut-être pour.....

Lola ne lui laissa pas achever; et, plaçant
ses deux petites mains sur la bouche de son
frère, elle laissa tomber sa tête sur sa poitrine
en sanglottant.

....» — Non, non! ne prononce pas ce mot
cruel, mon frère chéri! Tu reviendras. Dieu
sera pour nous!... »

Francisco garda le silence, mais quelque
chose de sombre et de douloureux couvrit

son visage, et semblait voiler de tristes pressentimens.

» — Folle! dit-il à sa sœur, avec un air en-
joué qui déguisait mal sa pâleur, cesse de
t'affliger; et quand je serai soldat, et que je
suivrai mon protecteur en campagne.... en
Amérique peut-être, ne serai-je pas toujours
là, près de toi par la pensée?... N'auras-tu pas
toujours un frère, un cœur pour t'aimer?...
Puis, quand je reviendrai, lequel des deux
sera le plus heureux?.... Devine! »

Et prenant la tête de sa sœur, il lui es-
suyait les yeux, les joues, avec les nattes de
ses cheveux, qu'elle avait détachées en ôtant
le peigne d'or qu'elle allait rendre au colonel.

Un instant après, Francisco partit, en
promettant de revenir bientôt. Mais avant

de quitter Ocaña, il eut un long entretien avec don Sinforiano.

Doña Noberta ne pouvait comprendre les alarmes de son neveu. Sa vie béate et pure, ses lectures, qui s'étaient toujours bornées à des livres saints et à des livres d'histoire, lui avaient laissé ignorer les fautes et les condamnables erreurs où l'amour peut conduire. La franchise naïve de son caractère ne pouvait supposer des intentions coupables à un homme dont la conduite jusqu'alors avait été si loyale. Elle ne pouvait pas se décider sans peine à renoncer aux visites du colonel : sa gaîté, les grâces de son esprit animaient son intérieur, et répandaient un charme inconnu jusqu'alors dans sa vie habituelle ; mais, toujours prête à céder à la raison et à la forte volonté de son neveu, elle n'hésita pas un moment à sacrifier son propre penchant et son affection pour Saint-Aubin, à l'avis et au repos de Francisco.

Ce fut donc avec un vif regret qu'elle se détermina à écrire au colonel, en lui mandant: que des motifs impérieux, et qui intéressaient l'honneur et la réputation de sa nièce, l'obligeaient à se priver dorénavant du plaisir de le recevoir ; qu'elle lui renvoyait les cadeaux que celle-ci avait reçus de lui ; mais qu'elle gardait la tabatière en souvenir de sa bonne amitié. Lola, de son côté, s'était empressée de renfermer le peigne et les boucles d'oreilles dans une boîte qu'elle cacheta. La pauvre fille partageait tous les sentimens de sa tante, mais avec une agitation secrète qui ressemblait à la peur. Pour la première fois, l'idée du mal s'offrit

à elle ; mais quoiqu'elle ne comprît pas
la portée des craintes de son frère, l'i-
mage du colonel s'offrait à elle sous un
aspect nouveau; la crainte qu'on lui avait
inspirée contre lui lui donnait une puissance
inconnue dans le souvenir de Lola, et faisait
naître un trouble indéfinissable dans son
cœur. Mais habituée à s'identifier avec les
idées de son frère, elle s'indignait des projets hostiles qu'il supposait au colonel, quoiqu'elle ne les comprît pas, et s'empressa
de lui renvoyer ses cadeaux, non sans un secret regret, dans la crainte d'être ingrate.

Un violent dépit s'empara de Saint-Aubin,
en lisant la lettre de doña Noberta. Tout l'é-
chafaudage de ses combinaisons secrètes venait
de s'écrouler. Ce nouveau contretemps, en aug-
mentant les difficultés, irritait davantage sa

passion. Accoutumé au despotisme et à la rapidité des opérations militaires, tant de ménagemens, tant de lenteur l'impatientaient cruellement : d'ailleurs le temps pressait ; bientôt une partie de l'armée allait se diriger vers l'Andalousie ; son régiment serait appelé à la suivre, pour attaquer la Sierra-Morena ; les ordres étaient donnés, les logemens désignés, les vivres préparés. L'image de Lola, belle de son innocence autant que de sa beauté, ses charmes naissans qui s'ignoraient eux-mêmes, sa grâce candide et sa vivacité native, précurseurs d'entraînantes passions, portaient le délire dans les sens du colonel.

Pendant qu'accoudé sur la table, le front pressé entre ses deux mains, il avisait au moyen de triompher de ce cruel contretemps, don Sinforiano , voyant la porte de sa chambre ouverte , y entra.

» — Qu'avez-vous, colonel? lui dit-il avec une tendre sollicitude ; vous paraissez triste et préoccupé.

» — Que voulez-vous, mon cher don Sinforiano? on me calomnie , on me repousse de chez nos voisines , et cette injustice me nâvre l'âme! »

Don Sinforiano était fort attaché à son hôte. En voyant son visage changé , sa physionomie altérée, il se prit d'un beau mouvement d'indignation contre l'auteur du mal. Il haussa les épaules et s'écria :

» — Ce jeune homme est fou, en vérité ! Il n'a pas le sens commun : c'est bon de servir sa patrie et de frapper son ennemi au champ de bataille... Mais, que diable ! s'en méfier lorsqu'il devient l'hôte, l'ami de la maison, c'est porter la haine trop loin !... D'ailleurs, il ne vous connaît pas, et il vous fait cette injure, plutôt comme Français que comme séducteur, je n'en doute pas. Cependant, nous ne pouvons rien changer à tout cela ; il faut laisser ces dames faire leur devoir et suivre les instructions de cet exalté ; elles auront assez d'autres chagrins bientôt.

» — Comment, mon ami, seraient-elles menacées de quelque danger ?

» — Bagatelle ! le jeune homme a été désigné par le sort pour faire partie de l'expédition destinée aux Antilles, expédition lointaine et périlleuse... Qui pourvoiera à leur existence pendant cette longue absence ? Jusqu'à présent, ses appointemens de secrétaire, et les générosités de son patron ont mis Alvarez à même de procurer quelque aisance à sa tante et à sa sœur ; car, il faut le dire, doña Noberta n'est plus jeune, et sa santé est bien délabrée... Que deviendra la jeune fille, si elle vient à manquer... belle et innocente comme elle est ? »

Le colonel se sentit un instant ému à l'image de Lola pauvre et délaissée, peut-être séduite par un autre que par lui... Un mouvement de vague et amère jalousie se souleva dans son cœur, et frappant du poing sur la table :

» — Morbleu ! s'écria-t-il, s'il ne fallait qu'un coup de main pour empêcher le départ de ce frère, j'aurais bientôt mis mes hussards en campagne.... Il est vrai qu'il me resterait ensuite à le combattre, mais j'en serais quitte pour l'envoyer quelques jours à.... »

Saint-Aubin sentit qu'il allait trop loin en présence de don Sinforiano et s'arrêta. Mais celui-ci, toujours préoccupé de sa première idée, continua :

« — Il y aurait un moyen encore de l'exempter de ce départ.... moyen impossible, car les pauvres femmes n'ont pas assez de fortune pour y avoir recours... »

Le colonel fixa un regard étrange sur don Sinforiano, et le saisissant fortement par le bras :

» — Un moyen, dites-vous ? Mais lequel ? Dites, je vous en supplie ! achevez de grâce !

» — Celui de racheter le frère. Cela se peut, mais il faut payer 500 piastres. Où les trouverait la pauvre fille ? »

Le colonel garda le silence, et réfléchit un instant. Puis, il dit :

» — La tante et la sœur connaissent-elles ce moyen?

» — Je leur en ai parlé légèrement ce matin, lorsque j'ai été leur faire part du funeste secret; Francisco n'ayant pas eu le courage de leur communiquer lui-même la fatale nouvelle, m'en avait chargé hier, avant son départ. J'ai profité de l'occasion pour tâcher de faire lever la consigne donnée contre vous, mais il n'y a pas eu moyen de l'obtenir. La jeune fille tient plus que jamais à remplir les volontés de son frère. Elle pleurait à faire fendre le cœur..... »

Et don Sinforiano, passant le revers de sa manche sur ses yeux, essuya une larme furtive.

» — Serez-vous assez bon, mon cher hôte,

pour remettre à mademoiselle Lola une lettre de ma part ?

» — Volontiers, colonel, volontiers.

» — Mais à condition que vous n'en parlerez pas à doña Noberta.

» — Quant à cela, je ne saurais vous le promettre ; il y a trente ans que nos secrets sont communs, et l'habitude est plus forte que l'homme... Vous comprenez ?

» — Mais je ne vous demande le secret que pendant vingt-quatre heures ; passé ce terme, doña Noberta saura tout ; il s'agit d'une surprise fort agréable pour elle. Fiez-vous à moi, mon cher hôte... Vous aussi, vous en aurez votre part... Mais soyez discret ! Je ne vous demande le mystère que pour vingt-quatre heures. »

A peine don Sinforiano se fut-il éloigné que

le colonel prit la plume et traça ce qui suit :

« Mademoiselle,

» On m'apprend la nouvelle qui cause
» votre affliction. J'ai trouvé un moyen de
» sauver votre frère ; mais il est indispen-
» sable que je vous voie une heure en secret.
» Personne ne doit être instruit de notre
» entrevue, ni connaître le contenu de cette
» lettre... Hâtez-vous de me faire une ré-
» ponse favorable ; il y va de votre sort et peut-
» être de la vie de votre frère, Il est six heu-
» res du soir ; demain à six heures, il ne sera
» plus temps de le sauver !... Un mot de ré-
» ponse ! surtout , silence ! »

Il semble juste de faire observer à celui qui
condamnera la conduite du colonel Saint-Au-

bin, et sans vouloir l'excuser, qu'en agissant ainsi il partait d'un principe de conduite tout particulier à l'officier en campagne, comme nous l'avons dit plus haut, pour qui les affaires d'amour sont de fort peu d'importance, et qui n'a jamais songé qu'une fille fût perdue à jamais parce qu'elle aurait aimé. Qui plus est : le colonel croyait même, dans cette circonstance, faire une bonne action, en sauvant la famille par le moyen même qu allait le porter lui-même au comble du bonheur... Lola aura trouvé ainsi la somme nécessaire au rachat de son frère, et moi j'aurai atteint la félicité suprême, se disait-il... Elle pleurera d'abord comme cette petite étourdie d'Inès, et comme elle, au bout de quelques jours, m'adorera..... Maria aussi me résista hnit jours; puis....., je ne pouvais plus m'en

débarrasser..... il n'a tenu qu'à moi de l'enlever... Lola pleurera d'abord, mais quand
elle verra que tout ce que je fais est pour son
bonheur, elle se consolera, et au bout du
compte... où est le mal ? Lola est belle et
sage ; elle trouvera un mari comme tant
d'autres ; et si je puis lui faire du bien plus
tard, je n'y manquerai pas. »

Voilà ce que pensait le colonel, en attendant avec une vive impatience la réponse de
Lola.

Le devoir, la vertu, l'honnêteté ont des faces
diverses, comme la forme humaine. Quoique
la morale soit inaltérable dans son essence, et
que sa doctrine soit la même pour tous, chacun a ses variantes, amplifications, res-
rictions et réserves à son usage, modi-

fiées d'après les idées reçues, l'état qu'on pro-
fesse, et toutes les influences qui façonnent
l'homme à la vie sociale. Il y a des fautes
par ignorance, comme il y a des vices d'état,
et la conscience s'assouplit sous ces influences
diverses. Cette vérité est désolante; mais si
elle nous isole, elle nous ramène à la charité
et au pardon. Un philosophe l'a dit : « La conscience n'est bonne qu'à donner raison à nos
passions.

» — Dieu soit avec vous, Mesdames ! dit don
Sinforiano en entrant.

» — *Amen!* répondit doña Noberta d'une voix
triste et faible, en arrêtant son rouet et le-
vant les yeux au ciel.

» — Comment allez-vous, mon enfant?....
Etes-vous plus calme ? reprit le voisin en
s'adressant à Lola. »

1.   5

L'ouvrage de Lola avait glissé à ses pieds depuis quelque temps, sans qu'elle s'en fût aperçue ; ses petites mains étaient tombées sur ses genoux, et ses doigts conservaient encore la position qu'ils avaient en tenant la bande à demi-festonnée. Son attitude affaissée, ses yeux bordés d'un cercle violet, et chargés encore de larmes, attestaient les agitations douloureuses de son cœur.

A la voix de don Sinforiano, Lola revint de sa préoccupation, le regarda et hocha la tête en signe négatif, puis elle reprit son ouvrage.

Don Sinforiano tenait la missive serrée entre ses doigts, et cachée à moitié par le revers de sa manche; mais peu accoutumé à de pareils messages, il ne savait pas comment s'y prendre pour remplir celui dont il était

chargé : il adressait des mots sans suite à
la tante, des questions hors de propos à
la nièce, se promenait de long en large
sur la terrasse, s'asseyait, puis se relevait,
tournait autour de Lola, et recommençait
sa promenade. Enfin, il fit si bien avec ce
manége, que doña Noberta, qui connaissait ses
allures depuis trente ans, en fut frappée. Le-
vant tout à coup la tête, et mettant le pouce
et l'index sur une des branches de ses lunettes, pour les mieux ajuster, elle regarda attentivement don Sinforiano et lui dit :

» — Mon voisin, vous paraissez inquiet?...
Avez-vous encore quelque mauvaise nouvelle
à nous apprendre?... Votre hôte est-il parti?
La *Gazeta de Cadix* vous a-t-elle manqué!
Enfin, vous avez quelque chose qui vous
trouble.

» —Au contraire, dit don Sinforiano de plus en plus embarrassé ; au contraire.... »

Et ne pouvant sortir de là , il se mit à fredonner et à frapper sur le grillage de l'une des cages, pour agacer les oiseaux. Doña Noberta, toujours dans la même attitude, continuait à l'observer en silence ; et , se parlant à elle-même , elle dit tout bas :

» — C'est singulier ! puis elle baissa la tête et recommença à tourner son rouet. »

Il fallait pourtant en finir. A force de tourner et de retourner, don Sinforiano s'approcha de la petite table.... Une idée le frappa, et s'emparant du livre de prières de Lola, il mit la lettre dans les feuillets, en en laissant dépasser une partie, et se prenant à tousser, il attira l'attention de la jeune fille et lui fit un signe en lui montrant le livre qu'il remît à sa place ; puis il s'éloigna et vint s'asseoir à côté de doña Noberta.

Lola avait compris. Les jeunes filles ont un instinct merveilleux pour se mettre vite au fait de cette sorte de manèges. Prétextant un motif pour sortir, elle passa près de la table, prit le livre sans que sa tante s'en aperçut, et sortit.

A peine arrivée dans sa chambre, elle rompit le cachet et se mit à lire la lettre du colonel…. A chaque ligne son trouble s'augmentait… Bientôt un tremblement subit la saisit ; elle fut obligée de s'asseoir pour reprendre ses esprits, et ce ne fut qu'au bout de quelques instans qu'elle put achever sa lecture.

Manquer à la parole qu'elle avait donnée à son frère, garder le secret à sa tante ! impos-

sible!.. impossible!.. Mais, sauver son frère!
le garder auprès d'elle! le voir sans cesse!...
A cette idée, son cœur bondissait de joie.
Puis, la terreur s'emparait d'elle de nouveau
en songeant à cette entrevue.... Qu'avait-il
à lui dire? Pourquoi ce mystère? Que faire?
Elle n'avait pas même le temps de se consulter; il fallait une réponse sur l'heure... où
son frère était perdu... peut-être perdu pour
toujours.... son frère! Francisco! Dieu de
miséricorde, s'écria-t-elle, inspire-moi! trace-
moi la route que je dois suivre... Je ne suis
qu'une pauvre fille, faible et ignorante; éclai-
re-moi, mon Dieu! et calme l'angoisse qui
m'oppresse!

Et jetant un coup-d'œil sur la lettre du
colonel, elle aperçut sur le revers de l'enve-
loppe l'écriture de don Sinforiano :

« La réponse sans délai... j'attends!... »

Ces mots, tracés par la main d'un ami, changèrent l'ordre de ses idées :

« — Il n'y a donc rien de contraire à mon honneur dans le rendez-vous qu'on me demande. Non, don Sinforiano, notre ami, l'honnête voisin de ma tante, qu'elle estime depuis un si grand nombre d'années, ne peut être complice d'une embûche contre une pauvre fille qu'il connaît depuis l'enfance... Au fait, le colonel est un galant homme; quel mal peut-il me faire?... Pourtant, on se cache de ma tante! »

Au milieu de ce combat, la jeune fille était prête à s'évanouir. Sa respiration était courte et haletante; un bourdonnement confus bruissait à ses oreilles... Tout à coup :

» — Je puis sauver mon frère et j'hésite! se dit-elle. »

Un attendrissement profond la saisit; de grosses larmes jaillissent de ses yeux, et se laissant glisser vers la terre, elle plie les genoux, croise ses petites mains sur sa poitrine, et prie....

» — Seigneur, si l'action que je vais commettre est une faute, pardonne-la à mon ignorance !... Et si je deviens coupable par erreur, appelle-moi dans ton sein. »

Après cette courte prière, elle écrivit à la hâte quelques mots d'une main mal assurée, puis plia le papier, le mit dans les feuillets du livre, et remonta sur la terrasse. Don Sinforiano y était encore, et faisait la lecture à doña Noberta. Déjà celle-ci l'avait rappelé plusieurs fois à lui-même, car les distractions

du voisin étaient plus fréquentes que jamais,
et commençaient à l'inquiéter. A chaque instant il hésitait, se trompait de ligne, disait
un mot pour un autre, ou s'arrêtait comme
pour essuyer ses lunettes, mais au fait pour
avoir le temps de jeter un coup-d'œil furtif sur
la porte par où Lola devait rentrer. A peine
la vit-il paraître, qu'il alla au devant d'elle ;
mais il fut effrayé du changement de ses
traits. Il ne comprenait pas qu'une aussi bonne
nouvelle, d'après ce que le colonel lui avait
assuré, eût produit un tel effet. Dans ce
moment, et par un de ces pressentimens si
sûrs et si fréquens chez les âmes bonnes et
sincères, don Sinforiano éprouva un mouvement involontaire de repentir, et se blâma
lui-même de s'être prêté à cette action mys-
térieuse, dont les effets ne répondaient pas aux

promesses de Saint-Aubin. Agité, incertain, il aurait voulu provoquer une explication avec Lola, mais il n'était plus temps. La présence de doña Noberta l'empêcha d'interroger la jeune fille. D'ailleurs, le temps pressait ; la réponse était déjà faite ; il chercha donc à se rassurer en songeant à la qualité de son hôte.

Lola en entrant avait indiqué à don Sinforiano que la réponse était dans le livre, qu'elle avait remis à la même place qu'il occupait auparavant. Don Sinforiano la prit à la dérobée et s'empressa de la porter à son adresse. Lorsqu'il fut parti, doña Noberta dit à sa nièce :

» —Je ne sais que penser de don Sinforiano ; je le crois malade ou sous l'influence de quelque affaire fâcheuse... N'as-tu pas remarqué

ses distractions, sa physionomie inquiète, et le
trouble de ses idées ? On dirait que son cerveau est un peu malade... Qu'en dis-tu, ma
fille ?

» — Il est si bon! son cœur souffre sans doute
de notre douleur, et sa préoccupation est l'effet de cette triste nouvelle qui nous afflige. »

Pendant que Lola parlait, sa tante la contemplait; son abattement et sa pâleur l'in-
quiétèrent.

» — Mon enfant, prends courage... peut-être
le mal n'est pas sans remède... qui sait!

» — Peut-être, répondit la jeune fille d'une
voix douce.

» — On dit que les Français vont attaquer
le passage de la Sierra-Morena ; toutes les
forces vont être appelées et concentrées sur ce
point. Alors, les préparatifs d'embarquement

seront suspendus, au moins pour quelque temps, et... qui sait ce qui pourra survenir. »

Lola hocha la tête et ne répondit pas. La bonne doña Noberta ne savait pas par quel moyen elle pourrait consoler ou distraire sa nièce, et continua :

» —Le temps est assez beau ce soir ; la pluie de ce matin a rafraîchi l'air. Désires-tu faire une promenade, ou quelque visite dans le voisinage ?

» —Comme tu voudras ; je ne puis pas aller loin, mais à l'aide de ton bras et de ma petite béquille !.... »

L'heure avançait et l'arrivée du colonel ne pouvait tarder.

» — Merci, ma tante, répondit Lola, je suis bien souffrante, et si cela vous est égal, nous resterons à la maison.

» — Comme tu voudras. »

La conversation se prolongea ainsi jusqu'à neuf heures. Alors, doña Noberta fit sa prière, se retira dans sa chambre, et Lola passa dans la sienne. La jeune fille qui faisait leur ménage ferma la porte de la rue, ayant l'attention de laisser au-dessus, selon son habitude, la clé accrochée au mur, pour que la tante et la nièce la trouvassent le lendemain matin, à l'heure de la messe ; puis, elle alla se mettre au lit, à l'autre bout de la cour.

Lola ne s'était pas déshabillée. Assise en face d'une image de la descente de la croix, qu'elle tenait du curé son oncle, Lola restait immobile, attendant l'heure du rendez-vous. A peine dix heures sonnèrent que Lola se leva, fit le signe de la croix et une courte prière ; puis, prenant une lumière, elle se di-

rigea vers la porte d'entrée, et l'ouvrit doucement. Le colonel l'attendait. Lola, sans lui
adresser la parole, lui fit signe de la suivre et
le conduisit jusqu'à la porte de sa chambre,
séparée de l'habitation de sa tante par une
petite cour, où la jeune fille s'amusait à cul-
tiver des fleurs. Lola précédait le colonel ;
arrivée sur le seuil de la porte, elle se
retourna... Pour la première fois, ses yeux
rencontrèrent les yeux du colonel.... Lola
rougit, détourna la tête, et lui montrant
l'image de la croix au fond de la chambre :

— Jurez devant Dieu, lui dit-elle, qu'en
venant ici, vous n'avez pas une intention coupable... Jurez que mon frère pourrait être
présent à notre entrevue.

Le colonel garda le silence, et tournant la

clé de la porte qu'il avait déjà dans la main,
Lola se trouva enfermée avec lui.....

Il était deux heures du matin lorsque le
colonel Saint-Aubin rentrait furtivement chez
son hôte. Le jour commençait à poindre, et
la rue était déserte ; le sommeil et le silence
régnaient encore dans le village ; un homme
seul veillait, et la vengeance faisait sentinelle
avec lui. Cet homme était à l'autre bout
de la rue, enveloppé d'un manteau brun ;
il portait sur sa tête une *montera* de ve-
lours noir, attachée sous le menton ; sa
chaussure consistait dans de longues guê-
tres en peau de daim, montant jusqu'aux genoux, ouvertes sur le côté, et seulement bou-
tonnées aux deux extrémités et au milieu ;
mais l'ouverture était indiquée des deux cô-
tés par des bouffettes en laine de la même

couleur ; deux grands éperons d'argent brillaient à ses talons ; un poignard et deux pisto-
lets garnissaient une ceinture en soie rouge
roulée autour de sa taille ; son port était haut
et fier, son œil étincelait.

A peine eût-il aperçu une ombre sortant de
la maison habitée par doña Noberta, qu'il
pressa le pas, dans l'espoir de l'attendre et de
le reconnaître ; mais il n'était plus temps,
l'ombre avait disparu et la porte était restée
entr'ouverte. Francisco entre et arrive jusqu'à
la chambre de sa sœur.... Il frappe. On ne
lui répond pas, mais la porte cède... Pour la
première fois, Francisco a peur.... Une sueur
froide couvre son front... Un moment il
éprouve le besoin de fuir ; de quitter la maison pour toujours, sans revoir cette sœur
chérie qu'il venait embrasser avant de par-

tir. Mécontent de lui-même, regrettant d'a-
voir pu lui cacher son prochain départ, il
n'avait pas eu la force de s'éloigner d'elle,
peut-être pour toujours, sans lui dire un dernier adieu, et venait lui apporter un moment
de joie fugitive au prix d'une grande et longue
douleur. Mais d'horribles soupçons s'emparent
de lui dans ce moment... Le calme même dont
il est entouré l'effraye... Cet homme qu'il
avait vu sortir de la maison est peut-être
un voleur... un assassin... Son retour est une
inspiration du ciel!... Il pourra encore sauver
sa sœur... A cette idée, il entre!... Mais quel
spectacle affreux se présente à sa vue! Sa sœur,
Lola, cette fille angélique, est étendue sans vie
sur le parquet! Ses beaux cheveux tombent
épars sur son cou et sur sa poitrine; sa tête
est penchée de côté, ses yeux fermés; on

I.   6

voit encore, entre ses deux cils abaissés, deux grosses larmes contenues et prêtes à couler; une de ses mains cache la moitié de son visage, l'autre retient encore, par un mouvement convulsif, une partie de ses vêtemens sur son sein. Son corps affaissé et immobile aurait fait croire qu'elle était morte, sans la légère rougeur qui couvre ses joues, marque de honte, voile virginal de la pudeur outragée. A côté d'elle, se trouve un sac d'argent.

Le premier mouvement d'Alvarez fut de porter la main à son poignard. Il espérait, en tuant la malheureuse fille, ensevelir son déshonneur; mais il s'arrêta pour la contempler encore un instant. Aux marques de son désespoir, à l'altération de ses traits et à son immobilité, il la crut déjà morte. A cette vue, sa douleur n'eut plus de bornes ; la rage et la pitié déchiraient tour à tour son cœur. Une pâleur mortelle couvrait son visage ; de ses lèvres tremblantes s'échappait un murmure sourd d'imprécations et de paroles de vengeance... C'était le bruit du torrent prêt à déborder ; c'était le tonnerre, précurseur de la tempête... Le temps pressait ; bientôt sa tante allait s'éveiller ; elle pouvait arriver d'un instant à l'autre... Francisco prend sa sœur, la replace dans son lit, et s'emparant du sac d'argent qu'il cache sous son manteau, il part sans avoir été aperçu de personne dans la maison.

» —Morbleu ! se dit à lui-même le colonel en rentrant et déposant son chapeau sur une table, j'éprouve presque des remords !... Les larmes, les prières, le désespoir de cette pauvre fille m'ont touché le cœur... Le fait est qu'elle est adorable !.. Et où est le mal ?.. Elle se consolera ; peut-être m'en remerciera-t-elle plus tard... Aussitôt que cet enfantillage se calmera, et qu'elle verra arriver son frère, tout sera oublié. Maintenant il faudra décider ce bon don Sinforiano à s'avouer auprès de la tante et d'Alvarez le prêteur des 500 piastres. Ceci est convenu avec Lola, quoique, dans l'état où se trouve sa raison, elle n'en conservera peut-être pas le souvenir... Enfin, entreprenons mon hôte, j'aurai plus beau jeu auprès de lui. »

Effectivement, il ne fut pas difficile au colonel de faire entrer don Sinforiano dans son projet. Il lui dit que, désirant rendre service à la famille, il avait voulu d'abord consulter la jeune fille, et savoir si elle accepterait le prêt qu'il mettait à sa disposition pour racheter son frère ; qu'elle y avait consenti, mais à condition, et pour prévenir les susceptibilités de son frère, que don Sinforiano s'avouerait le prêteur de la somme.

» —Il n'y a aucun mal à cela, dit don Sinforiano; et quoique je déteste le mensonge, puisqu'il n'en résultera qu'un bien, je m'y prête volontiers pour vous seconder dans cette bonne action. »

Il prit alors la main de Saint-Aubin, et continua, en la lui pressant d'un air joyeux:

» — Vous êtes un brave, colonel ! et je me féliciterai toujours de vous avoir eu pour mon hôte... quoiqu'il en arrive. Et d'un air significatif, en baissant la voix, il ajouta : Ceci soit dit sans vous blesser, mais... la patrie avant tout... hein !

Le colonel, un peu embarrassé des éloges de son hôte, le remercia et le quitta pour aller donner les ordres nécessaires à la réception des deux régimens qui arrivaient de Madrid dans la matinée du même jour.

Un grand dîner fut commandé à la *Fonda* du *Patriota*, pour les officiers supérieurs; le colonel Saint-Aubin devait en faire les honneurs.

A trois heures, tout était en rumeur dans la *Fonda*. On s'agitait, on montait, on descendait; l'un courait chez le voisin, emprunter quelque peu de vaisselle ou d'ameublement.

— Vite chez l'épicier, criait-on à l'autre; on a oublié la *guindilla* ; apporte encore du safran !... D'un autre côté, le maître surveillait le couvert, appelait, grondait, approuvait, envoyait les *moços* (serviteurs) pour faire le service de la table. Enfin, à quatre heures, tout fut prêt.

Au milieu d'un grand salon carré, de plein pied, et donnant sur la rue, on avait dressé la longue table couverte d'une nappe en grosse toile, mais d'une éclatante blancheur. Tout autour s'élevait une rangée de grands verres, étroits de fond, évasés de bord, dont la couleur verdâtre et l'imperfection de la forme n'empêchaient pas de remarquer l'extrême légèreté de la matière. Plusieurs carafes dépareillées, empruntées en partie aux voisins et remplies de vin de Valdepeñas, ornaient la table à des distances très rapprochées. Les places étaient marquées par de petites assiettes de faïence à la Riego, couleur jaune, avec une couronne de lauriers au bord.

Au milieu de la table figurait une énorme *Ollapodrida*, accompagnée, d'un côté, d'un plat de riz à la valencienne, et de l'autre d'un *estofado*, avec force piment rouge, quartiers d'ail et d'ognons, dont l'odeur aurait ressuscité un mort. Devant la porte du salon, qui donnait sur la rue et en plein midi, on avait posé, pour garantir des rayons du soleil et de la curiosité des passans, un grand rideau en *stère*, ou paille nattée, en forme de stores. Des jeunes gens en veste brune, la *montera* sur l'oreille, s'apprêtaient à faire le service ; il avait été défendu aux jeunes servantes de paraître ce jour-là. On était au milieu de la canicule.

Le colonel présidait le dîner. Il avait envoyé à la *Fonda*, dès le matin, un panier de vins exquis inconnus jusqu'alors au *Patriota*.

Pendant le premier service, il ne fut question que d'affaires militaires, convois, atta-
ques, actions d'éclat, décorations et cancans
de cour. Mais lorsqu'au dessert les têtes furent exaltées par le vin, ce fut le tour des
intrigues amoureuses, des bonnes fortunes,
des maris tirans ou ridicules, du charme de
l'infidélité. Chacun raconta ses aventures
galantes, vraies ou fausses.

» — Je vous félicite, messieurs, dit le colonel
du régiment de cuirassiers, homme épais
et de haute taille dont les moustaches, d'un
blond très hasardé et bien cirées, se dessi-
nant sur de grands favoris d'une teinte plus
claire et frisés à la neige, allaient caresser
de leurs bouts, droits comme deux aiguilles,
le coin d'un petit œil bleu au regard vif et
perçant ; — ie vous félicite, ma foi, d'être

aussi heureux dans vos amours; quant à moi, je paye mes plaisirs fort cher dans ce pays.... Ces derniers jours encore, à Madrid, j'ai été indignément houspillé. — Ma foi! dit le colonel Saint-Aubin, je ne regrette pas l'argent que je donne à l'amour, et je recommencerais volontiers à offrir en holocauste à la même divinité, le double de la somme que je lui ai offerte cette nuit dernière.

Dans ce moment, le rideau de la porte se releva et un homme entra dans la salle... Son visage était pâle, ses lèvres décolorées, et son regard, chatoyant et chargé de menaces, se fixa sur le colonel.

» — Tu aimes à doubler les récompenses!... En voici une..., elle est de ton goût... Et il jeta le sac d'argent sur la table. En voici une autre....; celle-ci est du mien. —

Je ne me bats pas avec un lâche; mais je le punis!... »

Et tirant un pistolet de dessous son manteau, il pressa la détente. Le coup partit, et le colonel tomba... Tous les assistans, paralysés jusqu'alors par l'étonnement et la frayeur, accoururent vers Saint-Aubin. Chacun voulait agir, se rendre utile; l'agitation, le tumulte étaient à leur comble. Au milieu du désordre, l'assassin avait disparu. D'un pas ferme et rapide, Francisco traversa les rues d'Ocaña et alla frapper à la porte de l'alcade don Diégo Fernandez.

» — Seigneur don Diégo, lui dit-il en entrant, arrêtez-moi, je viens de tuer un homme. »

L'alcade était lié avec la famille d'Alvarez; il avait été l'ami de son père et voyait souvent doña Noberta. Il crut d'abord que la raison du jeune homme était égarée; mais un bref récit des faits lui ayant dévoilé la vérité, il conjura Francisco de s'évader.

» — M'évader, vivre! répondit-il avec un sourire amer; non, seigneur alcade, mon séjour ici-bas est terminé..... et lorsqu'il faut mourir, la mort la plus prompte est la meilleure... D'ailleurs, la loi l'exige, j'obéis à la loi: celui qui tue doit être tué.

» — Mon enfant, votre désespoir vous égare; on a toujours des devoirs à remplir dans ce monde. Profitez du désordre que la mort du colonel a causé dans la *Fonda*, et fuyez. Vous atteindrez bientôt le pays qui n'est pas occupé par les Français. Tout le monde ignore encore de ce côté du bourg la catas-

trophe qui vient d'arriver. D'ailleurs, vous
trouverez partout protection de la part des
nôtres, car ils regarderont comme un mérite
en vous d'avoir débarrassé le pays d'un de
ses ennemis... Je vous en conjure , Alvarez!
partez, il en est temps encore ; j'ignorerai
tout... Voyons, Francisco... soyez raisonna-
ble ; peut-être votre sœur vit-elle encore...

» — Ma sœur! ma sœur ! s'écria le jeune
homme avec une douleur profonde ; vivante
ou morte, elle est la honte de ma famille ! La
honte innocente!... ajouta-t-il d'une voix
sombre et tremblante.... Seigneur alcade...
arrêtez-moi... De par la loi, je vous somme
de m'arrêter. »

Dans ce moment, on entendit un tumulte
dans la rue, et la porte de l'alcade fut en-
vahie...

C'était le maître de la *Fonda* du *Patriota*, qui arrivait suivi d'une multitude de paysans, de soldats et d'officiers. La foule allait se précipiter dans la salle de l'alcade, lorsque Francisco s'avançant, s'écria :

» —Pas tant de bruit, messieurs! voici le coupable... il est déjà dans les mains de l'alcade, et justice sera faite! »

L'aspect imposant et noble d'Alvarez, son visage calme et résigné arrêtèrent la foule étonnée. Néanmoins, les soldats français, indignés du meurtre de leur colonel, voulaient s'avancer et commettre quelques violences sur le meurtrier, mais les officiers qui étaient présens les firent rentrer dans l'ordre, en leur assurant que l'assassin serait bientôt puni.

» — De par la loi ! je vous arrête, dit alors l'alcade d'une voix émue. »]

Et faisant un signe de tête aux alguazils qui étaient accourus à la première nouvelle de l'attentat, il leur ordonna de conduire le coupable en prison.

Il était sept heures du matin lorsque doña Noberta, déjà réveillée, attendait sa nièce, qui lui apportait toujours son chocolat, car elle seule le faisait au goût de la digne femme. Après une heure d'attente, et ne la voyant pas arriver, elle commença à s'inquiéter. Elle essaya de se lever toute seule. Sa pauvre toilette fut longue; il lui fallait une aide; ses infirmités et son âge lui rendaient les soins de Lola indispensables, et ce fut avec une extrême difficulté qu'elle put parvenir à s'habiller. Lorsqu'elle fut prête, elle saisit

sa béquille et se dirigea vers la chambre
de sa nièce. Elle entra et vit Lola dormant
d'un sommeil agité. Elle s'approcha doucement du lit et lui prit la main, qu'elle
sentit brûlante. Une fièvre ardente s'était
emparée de la jeune fille. Au bruit que
faisait sa tante, Lola se réveilla ; et l'aper-
cevant près d'elle, elle se redressa sur
son lit et parut en proie à une grande terreur; puis sa tête retomba, et, se cachant le
visage entre ses draps, elle se mit à pleurer
amèrement.

Doña Noberta, livrée à la plus vive inquiétude, attribua l'état de sa nièce au chagrin
qu'elle éprouvait du départ de son frère, et
s'empressa d'envoyer chercher don Sinforiano;
mais il était absent, et, contre son habitude,
il ne parut pas de la journée; quelques malades

dans les environs l'avaient retenu, et ce ne fut qu'en rentrant vers le soir, qu'il apprit à la fois la mort du colonel, l'emprisonnement d'Alvarez et la maladie de la jeune fille.

Rien ne saurait égaler la surprise et la douleur de don Sinforiano.

« — Misérable! se disait-il, et c'est moi, moi! qui suis cause de tant de mal! Vieillard imbécile, qu'était devenue ta raison? tu n'es bon à rien; et sans la main de Dieu qui me retient, je saurais bien te punir. »

Et il pleurait comme un enfant, tenait sa tête entre ses mains, et la frappait rudement contre le mur de cette chambre, habitée jadis par son hôte, mais alors solitaire, et seulement animée par des souvenirs de mort. Sa première idée fut d'aller se dénoncer comme ayant été la cause du

7

mal, et de voir si, par cet aveu, il pourrait
atténuer la faute de Francisco; mais il
comprit bientôt que cela ne pouvait produire
aucun résultat. Après bien des perplexités
et beaucoup d'agitation, il se décida enfin
à se rendre chez doña Noberta. La maladie de
Lola et l'affliction de sa vieille amie venaient
ajouter de nouvelles tribulations à toutes
celles qui l'avaient assailli depuis quelques heures.

A peine don Sinforiano fût-il arrivé chez
sa voisine, qu'on le fit entrer dans la chambre
de la malade : il était huit heures du soir, et
les nouvelles du meurtre du colonel et de
l'arrestation d'Alvarez n'avaient point encore
pénétré dans l'humble séjour de ces pauvres
femmes. La jeune fille était assoupie, et doña
Noberta, agenouillée, priait en face du cru-

cifix. A peine aperçut-elle le docteur, qu'elle vint au-devant de lui, et l'amenant auprès du lit :

» — Voyez, voisin, dit-elle, dans quel état elle est ! »

Don Sinforiano, ému, n'eut pas la force de dire un mot. Il examina la malade, et ordonna tous les secours que son état exigeait. Lorsqu'on fit entrer la fille de service pour lui donner des ordres, la pâleur de celle-ci et son trouble frappèrent doña Noberta, et avertirent don Sinforiano des précautions qu'il fallait prendre pour que sa prévoyance ne fût pas en défaut. Il ne douta pas que les bruits publics ne fussent arrivés jusqu'aux oreilles de cette jeune fille, et la prenant à part, sous prétexte de lui expliquer son ordonnance, il l'interrogea.

» — Seigneur don Sinforiano, dit-elle, tout est dans la consternation dans la ville. Quel malheur!... Ma pauvre maîtresse n'y survivra pas!... Et la niña Lola!... Mieux vaut qu'elle ne sorte plus de ce lit!

» — Silence! Rita, silence! reprit le docteur en l'interrompant; ces malheureuses nouvelles ne doivent pas pénétrer dans la maison; vous seule devez y avoir accès!... Entendez-vous, jeune fille?... Ayez vos portes closes, et veillez sans relâche!!

» — Soyez tranquille, seigneur don Sinforiano..... ces choses-là ne sont pas assez agréables pour qu'on s'amuse à les dire, et personne n'approchera de la maison : je saurai bien la tenir fermée! »

En disant ces mots, Rita s'éloigna pour aller s'occuper des affaires du ménage.

La maladie de Lola n'était pas grave ; mais son cerveau, ébranlé par tant de secousses diverses, avait beaucoup souffert. Au bout de huit jours, la fièvre avait cessé, et don Sinforiano l'avait déclarée en état de convalescence. Cependant il continuait à donner les ordres les plus sévères pour qu'elle restât dans sa chambre, réitérant en secret à Rita la recommandation d'éloigner toutes les visites et tous les messages qui se présenteraient à la maison.

La retraite et l'isolement auxquels Lola s'était soumise, augmentaient sa faiblesse et sa mélancolie. Elle ne conservait qu'un souvenir confus des événemens qui avaient eu lieu depuis le départ de son frère, dont elle ignorait le retour ; elle n'avait pourtant pas oublié ce sac d'argent qu'elle croyait encore voir

à la même place, mais qui avait disparu.
En y songeant, l'horreur, l'indignation et le
dégoût s'emparaient d'elle... Qui avait pu
enlever cette preuve vivante de son déshonneur?.. A cette idée, la pâleur de son visage
faisait subitement place à une vive rougeur et
la pensée seule d'interroger à ce sujet,
d'en parler à qui que ce fut, la faisait frémir
de honte. Elle retombait dans un accable-
ment profond, et versait en silence un torrent de larmes, pendant que sa tante s'effor-
çait de la consoler du départ de son frère,
seule cause à laquelle elle attribuait son
chagrin.

Fatiguée à l'excès des soins qu'elle avait
donnés à Lola tout le temps de sa maladie,
doña Noberta se sentit indisposée à son tour,
et don Sinforiano lui conseilla de garder le lit.

Un jour, le docteur ne parut point chez
ses voisines. Un grand silence régnait dans les
rues. Rita, le visage altéré et les yeux gonflés,
soignait sa vieille maîtresse, et lorsque Lola
l'interrogeait sur la cause de sa tristesse :

« — J'ai bien mal à la tête, *senorita*, lui
répondait-elle, et si vous le permettez, je ferai
mon service jusqu'à trois heures, puis j'irai
me reposer.

» — Volontiers, mon enfant, je te rempla-
cerai ensuite auprès de ma tante. »

A mesure que l'heure approchait, l'agitation de Rita augmentait ; elle soupirait, et
de grosses larmes brillaient dans ses yeux.
Enfin, elle quitta la chambre de sa maîtresse ;
mais, au lieu de se retirer dans la sienne, elle
sortit de la maison, et se dirigea vers l'extré-

mité de la ville, en marchant rapidement contre le mur, pour éviter d'être vue.

La chaleur avait été suffocante pendant la journée, et la malade s'étant endormie vers la chute du jour, Lola ne put résister au désir de respirer l'air sur la terrasse, seule partie de la maison qui donnât sur la rue.

Des nuages plombés couvraient le ciel, et des éclairs, avant-coureurs de l'orage, brillaient de temps à autre dans l'espace, suivis à de longs intervalles par le roulement lent et prolongé du tonnerre qu'on entendait de loin. L'air tiède et chargé des parfums de la végétation, venait caresser de son souffle amoureux les oiseaux de Lola, délaissés par leur maîtresse.

Un frémissement douloureux s'empara de la jeune fille, en songeant au voisinage de la

maison habitée par Saint-Aubin : son premier
mouvement fut d'en détourner la tête ; mais
le silence qui régnait autour d'elle l'ayant
rassurée par degrés, elle osa jeter un coup-
d'œil de ce côté de la rue... Toutes les mai-
sonsétaient fermées, et la sentinelle, qui veillait jadis devant l'habitation du colonel, avait
disparu.... Il est parti ! se dit Lola.... Dieu
en soit loué !... et un torrent de larmes s'é-
chappa de ses yeux... Quelques instans après,
elle songea avec surprise au calme dans lequel était plongée la ville. C'était l'heure
du soir, où les habitans rentraient de leurs
travaux, où les enfans sortaient de l'école,
et où les commères de l'endroit, réunies sur
le seuil de leur porte, jasaient des affaires des
autres et grondaient leurs marmots, pendant
que les jeunes filles et les jeunes garçons dan-

saient au milieu de la rue au son des casta-
gnettes et de la guitare. Au lieu de tout cela,
il n'y avait que silence et solitude, interrom-
pus seulement par le passage d'une patrouille
française, ou par le roulement lent et fré-
missant de quelque charrette attardée, ou de
quelque caisson d'artillerie.

Cet isolement, cette tristesse solennelle qui
régnaient autour d'elle, firent peur à Lola et
lui causèrent une sorte de commotion. Des idées
confuses et inachevées se pressaient dans la tête
de la jeune fille et faisaient battre son cœur.
Au milieu du désordre de ses pensées, une
énivrante tristesse s'était emparée de ses sens
à la vue du ciel dont elle avait été privée
depuis plusieurs jours; la vie sembla re-
naître en elle avec toute sa puissance, mais

accompagnée d'une sorte de malaise et d'inquiétude secrète inexprimable.

Assise dans le fauteuil de sa tante au fond de
la terrasse, pour éviter la vue de la maison
de don Sinforiano, Lola restait immobile, la
tête renversée sur le dos de son siége. Ses yeux
étaient baissés, et sur ses joues, décolorées et
ombrées en partie par ses longs cils, restaient
encore les traces des larmes qu'elle venait de
verser.

Tout à coup, elle entendit des pas dans la
rue, et la voix du crieur public vint frapper
ses oreilles... Elle se redressa et s'avança pour
écouter.

» — Exécution publique!... criait-on. »

Lola se leva et s'avança encore.

» — Aujourd'hui, à trois heures, a été mis à
mort, sur l'esplanade, à l'entrée de la ville!... »

Ici, un tremblement subit obligea Lola à s'appuyer contre un des montans qui soutenaient la terrase.

Le crieur continua :

» —Le nommé Francisco Alvarez, coupable d'assassinat sur.... »

A ce nom, le cœur de Lola bondit, et son corps alla frapper de tout son poids sur le plancher de la terrrasse...

Lorsqu'elle commença à revenir à elle, tout était rentré dans le calme : le crieur public avait disparu, mais sa voix retentissait encore dans les oreilles de Lola, et, comme un fer rouge, brûlait son cœur... Elle voulut se lever, et retomba sans force. Un profond gémissement suivit ce vain effort... Sa tête s'égarait; un bruissement confus agitait son cerveau, et ses artères gonflées bat-

taient avec force sur ses tempes... Bientôt une
énergie surnaturelle semble la ranimer; elle se
relève et reste un instant debout, immobile,
l'oreille tendue, l'œil fixe.. Son visage délicat était couvert d'une pâleur de mort; et
sur son front, sur ses joues, dont les purs
contours semblaient être modelés par le pinceau de Raphaël, coulait une sueur froide...

Elle porta ses mains à sa tête , comme
pour appeler une pensée, une lueur d'espoir , une résolution à prendre..... Mais
rien... la mort , la mort était là avec toute
sa puissance, avec tout son désespoir. A cette
idée, des gémissemens profonds et délirans
s'échappent de sa poitrine. Toute la vérité
se dévoilait à ses yeux; son frère et le colonel étaient là, devant elle; elle voyait l'un ,
tombant ensanglanté sous les coups de l'au-

tre... et ce frère chéri, l'espoir de sa vie, entouré de tous les apprêts d'une mort à froid, lentement attendue, inévitable et honteuse! Chacune des douleurs de Francisco, pendant l'horrible attente du supplice, se reproduisait dans le cerveau de la jeune fille, et retombait comme des gouttes de plomb fondu sur son cœur! Alors des cris féroces s'échappent de sa poitrine; elle se jette sur le parquet, et frappe avec violence sa tête contre terre, jusqu'à ce que le sang en jaillisse... la pauvre fille voulait mourir et ne le pouvait pas.

Tout-à-coup elle se relève... elle veut voir les restes de son frère... elle veut accomplir un devoir sacré. Sa tante dormait encore : la nuit commençait déjà à couvrir la terre de son ombre ; les rues étaient toujours calmes

et silencieuses. Lola s'élance vers l'escalier,
descend et se dirige vers la porte de la rue.
Un moment avant de l'atteindre, elle se
trouve en face de Rita qui rentrait. La vue
de sa jeune maîtresse, les cheveux et les vêtemens en désordre, le visage pâle et ensanglanté, l'épouvante. Frappée encore du spectacle auquel elle venait d'assister, elle croit se
trouver en face d'un spectre, et faisant un pas
en arrière, elle pousse un cri aigu. Lola s'arrête; portant son index à ses lèvres, elle lui
recommande le silence; et comme Rita avait
déjà franchi le seuil de la porte, elle tire à
elle le battant, tourne la clé, et continue sa
marche d'un pas rapide vers l'entrée de la
ville.

Tout en avançant, Lola se rappelle con-
fusément avoir entendu le récit de quel-

que exécution de condamné inachevée, soit
par un miracle de la miséricorde divine, soit
par la maladresse de l'exécuteur ! Et les pensées de la pauvre fille se reportent vers l'espérance.... Sa douleur est telle, que Dieu
aura pitié de tant de souffrance ! Et Lola
avance toujours. Bientôt elle atteint la porte
de la ville , gardée par un poste français.

Arrivée près de la sentinelle , celle-ci lui
crie : *Qui vive ?*

Lola, dont le trouble et la terreur étaient
au comble à l'approche du lieu de l'exécution , n'a pas la force de répondre... Un
tremblement subit la saisit.... A ce moment
elle entendit un des soldats qui buvaient à la
porte du corps-de-garde , dire aux autres :

— Le g......! il l'a bien mérité ! tuer ce
brave colonel !

—Ventrebleu ! reprit un autre ; si j'avais été là comme ces idiots, le colonel Saint-Aubin aurait été fameusement vengé sur l'heure.

Lola était immobile.

La sentinelle avait renouvelé sa demande pour la troisième fois, et Lola ne répondait pas !.... Sa langue était paralysée, et ses lèvres brûlantes et sèches ne pouvaient pas articuler un mot !

Le soldat, à la vue d'une femme, s'approcha d'elle.... La beauté touchante de la jeune fille, sa pâleur livide, le désordre de ses traits, et ce regard angélique chargé d'une douleur sans égale, frappèrent l'ame du soldat... Un instinct sublime d'humanité l'avertit de la vérité !.... Par un mouvement involontaire, il porta la main qu'il avait libre sur son bonnet, et, s'écartant avec une sorte de respect, il fit un signe de tête à la jeune fille, pour lui indiquer l'endroit funeste où il devinait qu'elle s'acheminait ! Lola continua sa course.

Déjà l'obscurité de la nuit couvrait l'esplanade. Un seul point apparaissait au loin, éclairé par la lumière rougeâtre et vacillante d'une lanterne suspendue à un poteau.

Lola, guidée par ce fanal, avança et se trouva bientôt au pied de l'échafaud. Le corps de Francisco était encore assis sur la planche fatale !... A cette vue, une angoisse inexprimable s'empare de la pauvre créature.... Elle sent qu'elle va mourir et se presse d'approcher pour rendre le dernier soupir sur le noble front de son frère adoré!

Elle s'accroche de ses mains délicates aux planches grossières qui forment l'estrade du gibet... Déjà elle atteint le corps de Francisco ! Encore un dernier effort, et ses bras auront entouré cette tête bien-aimée, et ses lèvres mourantes auront déposé sur ses yeux un dernier baiser. Elle touche enfin le cou de Francisco... Mais ses doigts crispés se retirent dégoutans du sang de son frère ! Sa tête avait disparu !... Le corps de Lola se détendit, glissa et tomba lourdement au pied de l'écha-faud... Elle était morte !

Avant que le jour parût, un homme, enveloppé d'un manteau et suivi de deux aides de bourreau, chargés d'un cercueil, s'avançait à pas lents sur l'esplanade, vers l'endroit où l'exécution avait eu lieu... On apercevait de loin, au milieu du poteau fatal, le corps de Francisco, et au-dessous de lui, couchée sur le sol, se dessinait une forme humaine......

C'était Lola, la chaste jeune fille dont l'âme, n'ayant pu résister à la douleur, s'était envolée au ciel.

Francisco avait été mis à mort par le *garote*; il était gentilhomme... On avait enlevé sa tête pour être exposée sur la voie publique, dans une cage de fer, comme appartenant à un assassin.

MARIA.

Dieu la créa, comme une fleur, dans un
jour de fête; mais au lieu de la déposer doucement sur le moelleux gazon d'un parc hé-
réditaire ou au bord du riche parterre d'un
château seigneurial, il lança Maria au milieu
d'une immense et sauvage bruyère... « Va, lui
» dit-il, élève-toi, charme les mortels par des

» torrens de suaves harmonies , et lorsque tu
» trouveras le monde trop étroit pour conte-
» nir ton ame, reviens à moi, et les anges, pa-
» rés de toute leurs joies célestes , t'accueil-
» leront avec amour, et t'appelleront leur
» sœur, en récompense des maux que tu au-
» ras soufferts et du bien que tu auras fait sur
» la terre. » Et Maria, comme un météore brillant et fugitif, apparut un instant à nos yeux,
parée des plus chaudes et vives couleurs, nous
ravit par ses sublimes accens , et embrâsée
par les émanations brûlantes de sa propre
puissance, se consuma bientôt et remonta au
ciel comme une vapeur parfumée ; car la pauvre fille, au milieu de sa grandeur , usait ses
forces avec douleur pour remplir sa destinée
de gloire, et sur cette route étincelante qu'elle
parcourait, toute cailloutée de rubis, de dia-
mans et d'émeraudes , ses pieds sanglans et
douloureux venaient l'avertir à chaque ins-

tant que, dans la carrière des triomphes, on
trouve des tranchans aigus qu'on ne saurait
éviter.

I.

MARIA.

Maria naquit à Paris en 1808 , mais le hasard seul détermina le lieu de sa naissance :
ses parens étaient Espagnols. Son père, Ma-
nuel Garcia, fut un artiste d'une nature rare.
Son organisation, toute spéciale , lui inspira

de bonne heure le besoin de connaître à fond
son art. Il était déjà un fort agréable chanteur, et avait composé plusieurs petits opéras
qui avaient obtenu du succès sur le théâtre
du Prince, à Madrid, lorsqu'il sentit que son
éducation musicale était imparfaite, comme
toute autre éducation l'était en Espagne à
cette époque, et, mécontent, inquiet, pour-
suivi par ce vague désir de mieux faire, il se
décida à quitter son pays avec sa famille, et
vint d'abord à Paris, où naquit Maria. Peu
de temps après, il passa en Italie. Là, après
s'être livré à d'incessantes et consciencieuses
études, il forma son école et revint à Paris.
Alors il avait atteint l'apogée de son talent.
Ses succès comme grand acteur et grand
chanteur furent complets dans tous les genres. Personne n'a pu encore le faire oublier

dans le rôle du comte du *Barbier de Séville*,
dans *Otello* et surtout dans *Don Juan*. Ce fut
lui qui se chargea de l'éducation musicale de
sa fille. Mais, d'un caractère bouillant, intrépide, d'une volonté tenace, il la soumit à
de dures épreuves.

Les premières années de Maria furent tristes
et pénibles. Ses dispositions pour l'art de la
musique ne se développèrent pas tout de
suite, et comme elle y rencontra des difficultés qui la rebutèrent d'abord, elle se trouva
aux prises avec l'inflexible volonté de son père.
Malgré les obstacles que la nature lui opposa,
la haute intelligence de Maria, son instinct
prodigieux de l'art, joints à la trempe ferme
et résolue de son caractère, ne tardèrent pas
à créer chez elle cette opiniâtreté au travail
seule capable de mener aux grandes choses,

et quand elle avait vaincu d'immenses difficultés, elle avait encore la confiance intrépide
que donne la confiance d'un ferme vouloir
pour les exécuter.

Lorsqu'on songe à tous les inconvéniens que
lui opposait son organe et au résultat que son
génie et sa persévérance en obtinrent plus
tard, on est émerveillé des prodiges que peut
enfanter une volonté puissante dans une nature énergique et forte.

Ce courage qu'elle opposait aux obstacles,
Maria le dut autant à la mâle éducation qu'elle
avait reçue qu'à l'influence de la nature et du
talent de son père.

Garcia ne comprenait pas qu'on pût se
laisser dominer par la crainte ou la timidité.
Il ne pouvait entendre dire *je ne puis pas* sans

colère ou mépris. C'est avec de telles convic-
tions qu'il mit à profit les trésors de génie et
de sensibilité que sa fille recélait dans son âme.

La voix de Maria était faible d'abord , et
peu caractérisée; les cordes basses se trouvaient
naturellement peu développées; les tons aigus
étaient durs et rares , le médium très-voilé ,
et son intonation douteuse laissait craindre
qu'elle n'eût point d'oreille. Elle m'a raconté
que souvent, lorsque son père la faisait travailler, au commencement de ses études mu-
sicales, il lui était arrivé de détonner si fortement que le maître, emporté et au désespoir,
quittait avec précipitation le piano , et se
sauvait à l'autre extrémité de la maison, tandis qu'elle, encore enfant et déjà sentant fer-
menter dans sa poitrine ce feu d'artiste qui
devait l'embrâser un jour , courait après lui,

le tirait par l'habit, toute en pleurs, le sup-
pliant de recommencer... « T'es-tu enten-
due fausser? lui demandait son père. — Oh!
oui, papa. — A la bonne heure, recommen-
çons. » On voit par là que la volonté de Garcia était éclairée par l'instinct du *possible*, et
qu'il sentait bien qu'un ferme vouloir est im-
puissant à vaincre de certains défauts organi-
ques.

J'étudiais un soir un duo avec Maria. Garcia écrit un passage et lui dit de l'exécuter
(elle avait alors quatorze ans). Maria essaie,
ne réussit pas, se décourage et dit à son père :
« Je ne puis pas. » Le sang arabe de l'Anda-
lous s'allume, et fixant sur sa fille des yeux
étincelans... « Qu'as-tu dit ?... » Maria le
regarda, frémit, et joignant ses deux mains
dit d'une voix précipitée : « Je vais le faire,

papa. » Et aussitôt elle exécuta parfaitement
le trait. Elle me dit ensuite qu'elle ne pouvait
pas concevoir comment le trait avait été fait:
« Le regard de papa, ajouta-t-elle, a une telle
influence sur moi, qu'il me ferait sauter d'un
cinquième étage dans la rue sans me faire de
mal. »

II.

Dans ses premières années, Maria avait les
apparences d'un enfant délicat, dispositions
qu'elle conserva même plus tard, et pourtant
il est difficile de trouver une femme capable
de supporter de si grandes fatigues et priva-

tions, mais la vie était en elle grande, ardente, superbe. Aussi son corps, débile et nerveux à la fois, toujours en lutte avec ce *feu Dieu* qui fermentait au-dedans d'elle-même, cédait parfois. Alors Maria pleurait et s'évanouissait : on l'aurait dite morte, mais son âme vaillante se réveillait bientôt plus hardie que jamais, et courait impétueuse de nouveau où l'appelait sa destinée. Son ardente passion de l'art, la fougue de son ambition, dévoraient son âme, et, l'élevant pour ainsi dire au-dessus de sa propre nature, lui faisaient atteindre le sublime dans le chant, l'héroïsme dans son abnégation, et la rendaient un objet d'étonnement pour tous ceux qui l'observaient de près.

Passionnée, véhémente, elle était souvent entraînée hors de la réalité, mais il était toujours facile de la ramener lorsqu'on parlait à sa raison ou à sa générosité. Elle avait éminemment l'instinct du beau et du juste, et mettait autant d'ardeur à réparer ses erreurs qu'elle en avait mis de prime-abord à s'y laisser entraîner. Son amour-propre n'était jamais un obstacle pour les amis qui se faisaient un devoir de rectifier ses idées : elle écoutait avec candeur et courage les plus sévères vérités, et souvent accordait son amitié et son estime en raison du peu de ménagement qu'on mettait à la ramener d'une erreur.

Maria était généreuse, mais de cette générosité simple et sans faste qui s'ignore elle-même, et faisait souvent de belles actions sans avoir l'air de s'en douter : sa vie en est remplie, et on l'a dite avare !... Oui, elle le paraissait, mais seulement dans ce qui la concer-

naît personnellement , car son éducation et
ses premières habitudes l'avaient disposée à
éprouver peu de besoins. Elle était dure aux
privations comme elle l'était à la fatigue , et
ne comprenait le luxe que dans les oripeaux
de théâtre ; mais son argent était toujours entre les mains des autres : elle ne s'en occupait
guère et n'y pensait que lorsqu'il lui en fallait pour faire l'aumône.

La franchise de caractère de Maria était
brusque et originale, lorsque toutefois sa position d'artiste se trouvait en dehors , car
dans le cas contraire elle ne manquait pas
de cette astuce diplomatique indispensable à
certaines conditions dépendantes.

Néanmoins on s'apercevait facilement dans
ce cas que c'était un vice d'état chez elle ; et
nullement de nature , car elle était comme

toute personne passionnée, inhabile à déguiser ses propres impressions.

Une nécessité déplorable dans la vie de
l'artiste, c'est celle de soumettre à l'opinion
des autres son jugement et souvent sa conscience, en n'os ant blâmer un médiocre talent, lorsqu'il a trou vé grâce aux yeux du
public, ni avouer du mérite là où il n'y a pas
de succès. J'ai vu des choses étranges dans ce
genre. Que ce doit être une lourde chaîne à
porter qu'une telle crainte ou soumission
dans une carrière toute d'orgueil, puisqu'elle
est notre propre ouvrage, et qu'elle doit, par
cette raison, inspirer éminemment des sentimens de fierté et d'indépendance !

Un jour je faisais quelques observations à
Garcia sur sa dureté envers sa fille. « Oui,
» me dit il, on me blâme, je le sais, mais il

» le faut. Maria ne peut devenir grande ar-
» tiste qu'à ce prix. Son caractère indomp-
» table a besoin d'un poignet de fer pour le
» conduire..... Voyez sa jeune sœur, je l'é-
» lève autrement, jamais je ne l'ai grondée ,
» et pourtant *elle ira* (1). Mais voici la diffé-
» rence, c'est qu'il ne faut pour celle-ci qu'un
» fil de soie. » Quoi que ce soit , il n'est pas
moins vrai que l'enfance de Maria fut envi-
ronnée de souffrances , et qu'elle commença
de bonne heure à payer cher cette vie d'éclat
et de triomphe que Dieu lui avait impo-
sée.

Tout le monde sait combien Maria était

---

(1) Pauline , sœur cadette de Maria , n'a encore que
dix-sept ans , mais sa voix et son talent donnent les plus
grandes espérances, et rappellent déjà tous les charmes
de sa sœur.

admirable en chantant la romance du troisième acte d'*Otello*. Sa sensibilité, ses larmes,
l'expression mélancolique répandue sur toute
sa personne, tout était vrai, et lorsqu'elle disait à Emilia : *Ricevi da labri dell' amica il
baccio estremo.*

Elle était sublime.

Un soir j'occupais une loge au-dessus de
la scène. Je plongeais sur elle. En comparant
ses beaux yeux transparens de passion et de
tristesse et ses longues larmes qui se répandaient doucement à travers ses joues pâles, je
pleurais avec elle, ma poitrine se gonflait et
les fibres de mon cœur vibraient à chaque
accent de sa voix... En sortant du spectacle
et encore sous le charme de son divin génie,
je lui dis :

— Maria, comment peux-tu si bien chanter en pleurant ? Comment l'émotion vraie de ta voix ne nuit-elle pas à ton intonation, à la pureté du son ?

— Je n'ai pourtant pas fait d'étude particulière pour cela, me répondit-elle avec simplicité ; mais lorsque j'étais enfant, je pleurais souvent en prenant ma leçon, et comme j'avais une peur excessive que papa ne s'en aperçût, je me plaçais derrière lui et je pris l'habitude insensiblement de maîtriser le son de ma voix, tandis que mes larmes coulaient.

Ainsi la sévérité inexorable de son père avait contribué à grandir le talent de Maria. Ainsi chaque destinée a ses ressorts secrets qui la font mouvoir et la poussent vers le but qui lui est désigné, et lorsque notre jugement, trop borné pour embrasser de certains rapports dans leur ensemble, isole une circonstance, la blâme ou l'approuve, on peut être sûr que son anathème n'est pas juste.

III.

L'aptitude de Maria à tous les talens était extraordinaire. Elle jouait remarquablement du piano. Bien que n'ayant jamais pris de leçons de dessin, elle faisait des portraits d'une ressemblance extrême, ainsi que les

caricatures les plus plaisantes : elle excellait
dans tous les ouvrages de femme. Voyait-elle
un nouveau travail, une broderie, un bonnet,
un tissu à l'aiguille, une fleur nouvelle, aussitôt elle se mettait à l'œuvre et l'imitation
souvent surpassait le modèle. Ses costumes
de théâtre, ses coiffures, tout était inventé ou
exécuté par elle, et souvent on la trouvait
l'aiguille à la main, pendant qu'elle exerçait
sa voix, faisant des points avec autant de
dextérité que des notes. Elle écrivait et parlait avec perfection quatre ou cinq langues et
les employait toutes à la fois, sans les confon-
dre jamais, dans des conversations croisées
avec différens interlocuteurs. Bien que son
instruction eût été dirigée par son père vers
un seul but, l'ame du grand artiste sentit le
besoin de développer les hautes dispositions

dont la nature avait doué sa fille, et la délicatesse exquise de l'intelligence de celle-ci
profita de tous les moyens qu'on mit à sa
portée. Et c'était chose rare que cette re-
cherche de savoir entée sur une éducation du
reste vulgaire dans tous ses détails , et cette
fleur aux brillantes couleurs sortant et élevant sa tige superbe au milieu d'un champ
inculte et sauvage. Aussi ses dispositions mo-
rales portaient-elles l'empreinte de ce bizarre
assemblage et donnaient à ses idées et à ses
manières un tour original et désordonné, un
composé étrange d'élévation et de gravité
qu'on retrouvait dans son jeu, sublime lorsqu'elle suivait les inspirations de son ame élevée, et parfois trivial lorsque des scènes de la
vie privée venaient réveiller d'anciens souvenirs.

Maria était donc un composé des contras-
tes les plus disparates et les plus séduisans à
la fois. A un esprit fin, à une rapide conception elle joignait l'inexpérience et la crédulité;
à un mélange d'élévation d'ame et de manières naïves, de volonté emportée et de do-
cilité enfantine, d'amour-propre et de bonhomie, venait se joindre une foule d'habitudes d'esprit, de tournures d'idées originales
et inattendues, résultat inévitable d'une éducation nomade. Dès l'enfance elle avait constamment voyagé. Elle avait parcouru l'Amérique, presque toute l'Europe, et emporté une
sorte de couleur locale de chacun des pays où
elle s'était arrêtée. En relation par son état
et son talent avec un grand nombre de personnes dans des positions sociales très diverses, elle avait insensiblement adopté des ma-

nières, des tours de phrases qui décelaient al-
ternativement les impressions de toute nature
qu'elle avait reçues , et comme elle avait
beaucoup d'originalité et d'imagination, elle
ajoutait un charme particulier à cet imprévu
qui, la plupart du temps, animait ses paroles
et ses actions.

Pendant l'enfance de Maria, son père lui
faisait chanter en famille, dans quelques salons, des canons et nocturnes de sa composition, dont quelques-uns d'une grande difficulté révélaient déjà par leur parfaite exécution combien ces jeunes enfans étaient profonds musiciens, probablement sans s'en douter. Mais bientôt Maria fut soumise à des
études plus sérieuses, et dès ce moment, son
père ne lui permit plus de chanter que des
exercices.

IV.

Garcia avait conservé le type de cette méthode modèle des anciens *musicos* dont la trace
s'efface de jour en jour en Italie et dont les
principes ne consistaient pas à enseigner une
foule de *fioritures* qui, comme les pompons à

la mode, n'ont de durée qu'un moment. Ce
mode d'enseignement s'appuie au contraire
sur des principes de tous les temps, seuls ca-
pables de former de grands chanteurs. C'est
à cette méthode que nous devons les Grassini,
Colbrand, Pizzaroni, Pasta et tant d'autres
qui ont brillé sur la scène italienne. C'est à
elle enfin, aidée par une haute et rapide intelligence, que nous devons le plus beau talent musical qui ait illustré notre époque, le
talent de Maria.

Égaliser l'instrument de la voix en corri-
geant les légères imperfections de nature dont
le plus bel organe n'est pas exempt; aug-
menter le volume des sons par une étude cons-
tante et prudente à la fois (1); prendre la

(1) Garcia disait : « Pour apprendre à chanter, il ne
faut pas travailler, mais savoir travailler. Ce n'est qu'en

respiration avec calme et sans précipitation,
pour qu'elle conserve une plus longue portée ;
s'exercer à préparer le gosier avant d'enton-
ner le son, afin de le saisir net et pur, puis
l'enfler par degrés et sans secousse, mais hardiment, en développant l'organe autant que
faire se peut ; enfin lier la voix en faisant sentir sans les *toucher* tous les sons intermédiaires;
mais il faut se garder de faire une fausse ap-
plication de ce principe, pour ne pas tomber
dans la manière défectueuse de l'ancienne méthode française, d'après laquelle on dirait
que le son, après s'être péniblement traîné
au-dessous du clavier, reparaît et, tout impré-
gné d'une expression fausse de tendresse lan-
goureuse, vient tomber en *défaillance* sur l'au-

apprenant le secret de bien étudier que l'on peut parvenir à bien chanter. »

tre son. Pour lier la voix d'après la bonne méthode italienne, le son, poussé d'abord en *droite ligne*, s'incline ensuite doucement, forme une courbe (si j'ose m'exprimer ainsi), et après avoir effleuré les sons intermédiaires par la seule vibration sympathique, il retombe droit sur la note qu'il cherche, l'attaquant ainsi nette et pure (1).

Quelle que soit la qualité de la voix, il

(1) Il est fort difficile de donner une explication parfaitement satisfaisante et claire des opérations d'un mécanisme dont l'action cachée ne nous est manifestée que par les inductions vagues qui résultent des observations que chaque chanteur peut faire d'après ce qu'il a éprouvé et non d'après ce qu'il a *vu* ou *touché*. Les conclusions sur les phénomènes *agissans* de la voix ne peuvent donc avoir qu'un sens obscur. Tout autre qu'un chanteur trouvera que c'est de la méthaphysique embrouillée, et même, pour la plupart de ceux qui s'occupent de l'art, l'exercice de la voix est plutôt une affaire d'habitude que de raisonnement.

faut ménager les sons aigus et se donner garde
de les fatiguer par l'étude, car cette partie,
étant la plus délicate, est celle dont le timbre
s'altère le plus facilement. Au contraire, si
l'on exerce particulièrement les sons graves
et le médium, on les fortifie et l'on parvient
à obtenir ce précieux résultat, d'accord avec
un des principes essentiels d'acoustique, celui
de faire arriver à l'oreille les sons graves avec
une force à peu près égale aux sons aigus.
Cette règle rationnelle adoptée dans la méthode italienne lui a donné en partie la grande
supériorité qu'elle a toujours eue sur la méthode française, tant que la première est restée dans sa pureté primitive. En adoucissant
les sons élevés et donnant de la force aux sons
graves et au médium, soit à l'aide du propre
accent de la voix, soit par celui qu'on em-

prunte aux paroles, l'oreille n'est jamais heur-
tée et la musique pénètre jusqu'à l'ame et
l'inonde de plaisir, sans que la moindre secousse vienne la troubler ou la distraire en
irritant les nerfs. Telles ces demi-teintes dans
un beau tableau, unissant les couleurs entre
elles, leur donnent cette apparence vague de
la vérité et charment l'œil par un attrait ir-
résistible. Telle cette légère vapeur de l'at-
mosphère d'automne, en harmonisant la nature, plonge le poète qui la contemple dans un
ravissement enivrant de voluptueuse mélancolie.

Les exercices propres à fortifier les sons
graves et ceux du médium deviennent plus im-
portans pour la voix de soprano que pour
toute autre, d'abord parce qu'en général cette

partie de la voix est la plus faible, ensuite
parce que la transition de la voix de poitrine à
la voix de passage et celle de la voix de passage à celle de tête s'y trouvant altèrent ou
dénaturent le timbre de certaines cordes chez
les uns, les rendent faibles ou *étranglées* chez
les autres. Il faut donc un exercice continuel
du son défectueux, avec le son pur qui le
suit ou le précède, pour obtenir l'égalité parfaite dans leur qualité. Cette étude fut une
des plus grandes difficultés à vaincre pour
Maria, sa voix grave étant fortement timbrée
et celle de passage faible et voilée.

Une chose importante dans cette méthode
est le secret de développer des sons de poitrine dans les voix de soprano. Garcia était
convaincu que ces cordes se trouvaient dans

toutes les voix de ce genre et que la difficulté était seulement de savoir les développer par l'étude.

A mesure que l'instrument de la voix se perfectionnait, Garcia lui faisait exécuter jus-qu'aux exercices les plus difficiles pour la rendre apte à surmonter tous les obstacles ; mais il indiquait rarement un trait à ses élèves : il leur faisait un accord sur le piano, puis il leur disait :

— Faites ce que vous voudrez... encore... encore un... encore.

Et souvent de recommencer dix et vingt fois. Qu'en résultait-il ? Que l'élève faisait selon sa voix et selon son ame, et que, par conséquent, ses traits étaient toujours bien

exécutés et gardaient un caractère d'individualité qui, tout en lui apppartenant, se trouvait en harmonie avec le goût du moment,
dont il suivait, sans s'en douter, les inspirations. Un autre avantage de cette manière de
faire le trait était que l'élève devenait maître
de l'instrument à force d'exercer ses propres
inspirations, et que si, au moment de commencer un air, il se trouvait mal disposé, il
pouvait substituer subitement un trait à un
autre, sans crainte ni hésitation.

Garcia ne permettait pas à son élève de
chanter pendant qu'il apprenait un seul air
avec des paroles, quelque impatience ou quelque ennui qu'il témoignât. Mais lorsqu'il le
jugeait artiste, un beau jour il lui disait tout
à coup :

— Vous êtes chanteur : abordez tout, *vous pouvez marcher*.

Il est bon de dire que le maître n'appliquait à la rigueur ses principes qu'envers l'élève sur lequel il fondait de grandes espérances (1).

(1) Le fils de Garcia , jeune homme de talent , a été formé par son père pour enseigner le chant d'après sa méthode. C'est un des meilleurs maîtres de notre époque.

V.

Maria n'avait pas encore quinze ans lorsque, par une circonstance particulière, il lui
fut permis de chanter pour la première fois
en public, et l'artiste se dévoila.

Rossini venait d'arriver à Paris, c'était une

époque solennelle pour tous les amis de l'art. Ses ouvrages, connus déjà en France en grande partie, excitaient l'admiration générale. Mais le génie du chant, engourdi, sommeillait encore, et dans ses rêves, lorsqu'il croyait chanter, il hurlait. C'était un vrai cri de détresse. Rossini arriva, composa le *Siége de Corinthe*, *Guillaume Tell*, et tout le monde chanta. Ce fut une révolution dans l'art.

Peu de temps avant de quitter l'Italie, il avait composé une cantate à quatre parties à l'occasion du mariage d'un de mes parens, M. de Pénalver. Cette composition n'avait jamais été essayée dans son ensemble, pas même au piano. M. de Pénalver, qui se trouvait à Paris alors, désira l'entendre avec le quatuor

d'instrumens chez moi et par moi. Il en parla
à Rossini, que je ne connaissais pas encore.
El maëstro, prévenu contre la musique d'a-
mateurs, médiocre et rare alors en Italie, en
fut effrayé.

— Non, mon cher, lui dit-il, cela sera fort
mauvais. Je viens d'arriver à Paris, ajouta-t-
il en riant, et je ne veux pas débuter par un
fiasco. Bornons-nous à essayer la cantate au
piano avec Isabel et Garcia, et vous en aurez
facilement une idée.

M. de Pénalver insista, mais tout ce qu'il
put obtenir de Rossini fut qu'il m'entendrait
le lendemain. L'essai fut fait, et Rossini céda.
Au lieu du quatuor, il voulut avoir alors un
orchestre complet : instrumens à vent, tim-
bales, triangles, rien n'y manqua, et je fus

obligé de faire enlever mes portes pour faire
place à un aussi brillant cortége. Les parties
de ténor et de basse furent confiées à Bordo-
gni et Pellegrini ; mais nous étions très em-
barrassés pour trouver un contralto, lorsque
Garcia, qui dérobait encore sa fille, comme
l'avare cache son trésor, me l'offrit pour remplir ce rôle.

L'organe de la voix de Maria s'était beaucoup développé à cette époque. Les sons de
poitrine avaient déjà toute cette puissance que
nous avons tant admirée depuis ; mais le reste
de la voix était encore rude et voilé. On voyait
l'art luttant avec vigueur et succès contre les
aspérités de la nature, et dans cette jeune
fille, petite, délicate et fraîche, un bouton de
nénuphar où fermentait le germe d'un arbre

géant. Son attitude était assurée ; pas l'ombre
de timidité : on aurait dit qu'elle avait la
conscience de son avenir et que cette prévi-
sion secrète, jointe à une certaine conviction
de nécessité, lui inspirait la superbe audace
indispensable pour réussir à celui qui est des-
tiné à s'offrir au suffrage ou au blâme public.
Cette force qui naît de la confiance en ses
propres moyens est aussi nécessaire au succès
que la supériorité du talent. Il faut avoir su
se placer sur un piédestal devant soi-même
pour imposer face à face aux autres sa supériorité.

VI.

Maria partit avec sa famille pour l'Angleterre et débuta à Londres sur le King's-Théâtre, seulement en chantant quelques morceaux d'intermèdes. Son apparition sur la
scène fut marquée par une anecdote plaisante,

mais qui fait preuve encore de cette noble
ambition qui fermentait déjà dans son ame,
ainsi que de ce courage dédaigneux des obstacles qui se décéla à la première occasion.

Elle devait chanter avec Vellutti un duo
du *Roméo et Juliette* de Zingarelli. Le matin,
ils le répétèrent ensemble. A cette répétition,
comme aux précédentes, *le musico*, en routier
expérimenté, chanta la note simple, et réserva
ses *fioritures* pour le soir, dans la crainte que
Maria ne s'avisât de les imiter. Arrivés sur la
cène, Vellutti chanta son solo le premier
et le surchargea d'ornemens, puis à la fin un
trait neuf et brillant vint enlever les applaudissemens des spectateurs. Déjà un regard de
triomphe et de pitié de la part du *musico* se ré-

pandait sur Maria, lorsque celle-ci, comme un jeune coq de race, s'élance sur l'arène, s'emparant des mêmes traits de Velutti, leur donne une nouvelle forme et couronne son triomphe par une superbe et hardie improvisation.... Aussitôt, et au milieu du trouble que les applaudissemens avaient répandu sur tous ses sens, elle sentit... Quoi ?... Une pince de fer qui lui torturait le bras au-dessus du coude.... Immédiatement le mot *briccona*, prononcé par son compagnon à voix basse et avec l'accent de la colère, vint l'avertir d'où partait le coup et lui apprendre de bonne heure qu'il n'y a pas de gloire sans amertume.

Je ne sais pas de chanteur, quelles que soient sa réputation et son habitude de l'art,

capable de hasarder un tour de force pareil
à celui dont la jeune fille donna l'exemple dans
cette occasion. Maria n'avait pas seize ans
alors et montait pour la première fois sur la
scène.

Garcia signa un engagement pour toute sa
famille et partit pour New-York. Là, Maria
s'essaya dans quelques-uns des rôles des opéras
de Rossini et obtint de grands succès, notam-
ment dans celui de *Desdemona* et de Cenerentola, bien que de genre si différent. Les
premiers sujets de la troupe se bornaient à
Garcia, sa fille, son fils et madame Garcia. Le
reste ne consistait qu'en faibles auxiliaires,
et c'était chose plaisante d'entendre Maria
raconter comment elle s'y prenait pour faire
chanter des sujets qui ne savaient pas chanter,

ét, ce qui est encore plus fort, qui n'avaient pas de voix. Tout allait pourtant le mieux du monde, lorsque M. Malibran, négociant français établi à New-York, demanda la main de Maria. Il avait cinquante ans et Maria dix-sept. Son père la lui refusa. Mais Maria, bien que si jeune, se croyant déjà fatiguée de la vie d'artiste et de la dépendance filiale, sourit à l'idée de secouer ses chaînes et ne put se douter encore dans son inexpérience qu'en les brisant elle allait river la plus lourde de toutes, puisqu'elle est la plus longue. Inhabile à comprendre encore la vie, elle ne savait pas que lorsque la nature nous a donné l'ame d'artiste, on ne saurait cesser de l'être sans éprouver constamment le désir de le redevenir; et que la plus rude dépendance filiale est encore des dépendances la plus

douce..... A mesure que nous marchons
dans la vie, qui n'a pas jeté plus d'un coup-
d'œil d'amour et de regret sur le toit pater-
nel ?

L'intérieur de la famille devint orageux.
Madame Garcia , douce personne, comme un
ange de paix, tâchait de calmer la violence
du caractère de son mari ; mais la tempête
devenait de jour en jour plus forte. Un soir,
on jouait *Otello*. La matinée avait été marquée par des scènes violentes. Maria chantait
le rôle de *Desdemona*, et son père celui du
Maure. Au moment où celui-ci, les muscles
contractés, les yeux étincelans, s'approche de
sa maîtresse pour la tuer, Maria s'aperçoit
que le poignard qui brillait dans la main de
son père est un véritable poignard. Elle le re-

connaît, la lame est bonne... son père l'avait acheté d'un Turc et examiné devant elle peu de jours auparavant. Maria croit déjà sentir le froid du fer dans sa poitrine... Epouvantée, hors d'elle-même :

— Papa! papa! s'écrie-t-elle, *por Dios*, *no me mate* (1) !

Il n'en était rien, comme on peut le croire : le poignard du théâtre étant brisé, Garcia y avait simplement subtitué le sien.

— Et le public? lui demandai-je lorsqu'elle me raconta cette anecdote.

Le public prit la chose en très bonne part.

(1) Papa, papa, pour l'amour de Dieu, ne me tuez pas!

Il crut ma frayeur une partie de mon rôle et s'imagina que l'espagnol était de l'italien.

VII.

M. Malibran fit des offres brillantes à la famille, Maria insista, Garcia céda et le mariage
fut conclu. Quelques semaines après. M. Malibran fit faillite sans avoir pu accomplir ses
promesses. La violence du caractère de Gar-

cia fut excitée au dernier degré par cet événement. Ne se sentant plus maître de lui-
même et dans la crainte de tuer son gendre,
il quitta précipitamment les États-Unis, partit
pour le Mexique avec toute sa famille et laissa
Maria, qui, bercée depuis son mariage des
plus beaux rêves, se trouva à son réveil séparée de tous les siens, dans un pays étranger, unie à un homme sous le poids de la
loi, qui ne pouvait plus la protéger, et
qui, privé de tous les moyens d'existence,
n'avait pour ressource que le talent de sa
femme.

Maria, de qui l'ame fortement trempée
était capable de toutes les vertus, prit bientôt son parti. La troupe italienne ayant été
désorganisée par le départ de sa famille,

elle vint à bout d'en former une nouvelle. Elle improvisa un répertoire de musique anglaise et parut sur le théâtre national.....

Quelle courageuse patience, quelle intelligence active dut-elle déployer pour surmonter tant de difficultés ! quelle force de caractère pour dissiper par sa propre volonté cette perturbation de l'ame que causent les embarras d'une position manquée et les difficultés à vaincre pour s'en créer une nouvelle ! Mais, ne voyant dans la faillite de son mari que son malheur, elle ne songea qu'à soulager sa détresse : son ame délicate et généreuse, toujours prête à s'exalter lorsqu'elle était mue par la conscience du bien, l'entraînait à travers les plus grands obstacles. Elle réussit au-delà de ses espérances, et chaque soir une somme considérable arrivait de la part du directeur dans la caisse de M. Malibran, car Maria, pour lui porter des secours efficaces, s'était engagée seulement par représentation.

Nonobstant ses grands succès, des raisons impérieuses obligèrent M. Malibran à faire partir sa femme pour l'Europe, où elle devait reprendre ses nobles travaux et lui envoyer, à mesure qu'elle en cueillerait le fruit, de nouveaux secours.

Maria n'avait pas encore vingt ans lorsqu'elle arriva à Paris, le mois de décembre 1827. Elle alla habiter chez la sœur de M. Malibran.

Bien que née à Paris, la solitude à laquelle l'avaient soumise ses études et son extrême jeunesse ne lui avait pas permis d'y former des relations d'amitié. Elle s'y trouva donc, en revenant au bout de quelques années, complètement isolée : le souvenir de l'intérêt que je lui avais témoigné dans son enfance la conduisit chez moi.

La pauvre créature, lancée d'au delà des mers, se trouvait sans guide, sans protection, sans argent, dans un dénûment presque complet, et m'apparut avec ses beaux cheveux noirs et soyeux, tombant en longues boucles sur ses épaules, une étroite et courte robe de mousseline, ses beaux yeux, ses lèvres qui respiraient la force et la jeunesse, ses vingt ans et son immense talent. Tout cela me frappa de vertige!... La pitié, l'intérêt, l'admiration, se partagèrent tour à tour mon cœur. Je la mis au piano, je la trouvai adorable.

Elle voulut chanter un duo avec moi, puis au milieu du duo elle s'arrêta tout à coup, et me sautant au cou, les larmes aux yeux..... « Oh! papa! que vous me rappelez l'école de papa, et que nous nous entendons bien! Puis elle continua à chanter. C'était un mélange d'âme, d'enfantillage, de sublime talent incompréhensible. Le soir, j'allai aux Italiens. Encore dans le ravissement de ce que je venais d'entendre, j'en parlai à plusieurs amis... « C'est une merveille, je vous assure, qui fera époque dans le monde musical. — Mais pourtant on n'en a pas encore parlé. Sa réputation serait déjà venue jusqu'à nous, etc. — C'est un colosse, vous dis-je, c'est la musique incarnée, que Dieu nous envoie pour calmer

notre âme dans les jours de détresse. — Bah!
je parie que c'est le sang espagnol qui la
rehausse à vos yeux. — Il y a quelque chose
de cela, mais pas comme vous l'entendez. Je
suis fière de penser qu'une si belle organisation ait été trempée avec du sang espagnol,
et voilà tout. Enfin, l'avenir justifiera, n'en
doutez pas, mes prévisions. »

Peu de jours après, je réunis chez moi, le
matin, une sorte de *jury* musical, composé en
partie des incrédules. Ils furent, comme je m'y
attendais, étonnés et charmés à la fois de la
voir et de l'entendre. Maria était belle de son
talent sur la scène, mais son véritable triomphe était dans les improvisations intimes. C'é-
tait là où, livrée à ses propres inspirations,
elle devenait le génie même de la musique.
Quelle richesse d'idées neuves, quel goût ex-

quis lorsqu'elle donnait une nouvelle vie à un air, en le parant tantôt de mille nuances suaves, tantôt des vives et brillantes couleurs de l'arc-en-ciel !..... Au bout de quelque temps, elle finissait par électriser de telle façon ceux qui l'écoutaient qu'on ne se sentait plus posé sur la terre : on croyait marcher sur les nuages. C'est que la tête était au ciel !..

Art admirable et prestigieux! quel est le présent de Dieu, parmi ceux qui composent le luxe de la vie, qui pourrait être comparé à la musique? Quel est celui de ses bienfaits qui, comme elle, s'empare de nous corps et âme, nous tire des misères d'ici-bas et nous transporte comme un ange ailé dans de féeriques régions où l'on trouve ce qui plaît, ce qu'on aime, ce qu'on désire! où les émotions les plus douces, les palpitations énivrantes viennent

frapper de leurs coups électriques la poitrine
oppressée de plaisir..... où des torrens de mélancolie circulant dans nos veines refluent
vers le cœur et confondent dans une même
sensation d'indéfinissable jouissance la vie de
l'âme et la vie du corps!...

Ravissante harmonie, fleur éternellement
belle, de tous les instans et de toutes les sai-
sons, dont le parfum s'étend sur le pauvre
comme sur le riche, console les malheureux
et trouve souvent le secret d'accorder de nouvelles émotions aux cœurs les plus refroidis,
dont l'influence est toujours douce, toujours
noble. L'amour seul, parmi les bienfaits du
ciel, pourrait lui être comparé s'il ne portait
pas d'amertume dans son calice.

VIII.

Maria débuta à Paris, au Grand-Opéra, en janvier 1828, par le rôle de Semiramide, au bénéfice de Galli. Pour la première fois elle fut intimidée sur la scène. Elle sentit que de cette représentation dépendait sa réputation à

venir. Le rôle qu'elle avait choisi ne se trouvait pas tout à fait dans ses belles cordes, et
la salle était plus grande que toutes celles où
elle avait chanté jusqu'alors. Ces responsabilités réunies pesaient sur son âme de vingt ans
et, malgré son courage naturel, la firent tant
soit peu douter. Mais sa crainte fut de courte
durée.

Aux premiers accens de sa voix puissante,
elle fut applaudie avec transport et prit rang
parmi les talens de premier ordre. Il fut question alors de son engagement. Elle hésita un
moment entre le Théâtre-Italien et le Grand-
Opéra, choisit le premier et fit bien. La musique était alors encore une sorte de déclamation à l'opéra français et n'aurait pas permis au talent de Maria de développer ses
beautés. D'ailleurs, ce genre de chant où le

cantabile est à peu près nul, exigeant une grande force de poumons, aurait épuisé en peu d'années la voix de Maria, qui, dans son ardeur consciencieuse, ne songeait jamais au lendemain. Elle s'engagea donc définitivement au Théâtre-Italien et y débuta en février par le rôle de Desdémona.

Ses succès furent aussi rapides que brillans. Le public de Paris, enivré devant tant de jeunesse et de talent, se plut à l'encourager, et Maria, se sentant soutenue par la confiance que donne le succès, atteignit souvent le sublime dans ses chants, tandis que le public l'applaudissait encore avec transport, fier qu'il était de son ouvrage.

L'étendue de la voix de Maria, ainsi que la variété de genres de son talent, lui permit d'aborder les opéras de Rossini et souvent

les deux premiers rôles dans le même, comme
dans *Semiramide*, où elle s'acquittait avec
autant de perfection de la partie d'Arsace que
de celle de la reine de Babylone. Touchante de profonde sensibilité et de mélancolie dans Desdemona, elle était espiègle, gaie
et toute grâce dans Rosina, tandis qu'elle nous
arrachait des larmes dans le rôle de Ninetta
de la *Gazza ladra* par cette douleur résignée
qui tenait du fatalisme.

Ce n'est pas à Maria qu'on aurait pu ap-
pliquer ce mot heureux de Crescentini, lorsqu'après avoir entendu un chanteur dont on
lui avait beaucoup vanté le talent, il répondait à celui qui lui demandait son avis :
Canta bene, ma non mi persuade. En entendant cette admirable artiste, il était impossible de ne pas s'identifier avec elle, parce

qu'elle s'identifiait elle-même avec son rôle et que son âme passionnée, par un attrait invincible de douce sympathie, communiquait aux autres les sentimens qu'elle éprouvait et exprimait si bien. Le talent, quelle que soit sa supériorité, est inhabile à produire par lui-même un tel effet magique. La vérité seule en a le secret. Ce qui part du cœur seul le pouvoir d'arriver au cœur.

Maria ne tarda pas à être mécontente de la famille de M. Malibran. Elle se plaignit de la tutelle hostile à laquelle on voulait soumettre sa personne et son argent ; mais le besoin d'appui, la crainte du blâme à cause de son extrême jeunesse et de l'entière indépendance où elle allait se trouver livrée, lui donnèrent la force de prolonger de quelques semaines encore son séjour chez sa belle-sœur. Pour-

tant un beau jour, dans un moment d'humeur et lorsque ses hôtes ne s'en doutaient
pas, elle fit venir une voiture de place, y mit
ses effets, s'établit à côté et se fit transporter
chez madame Naldi.

Profitant de la liberté que lui donnait sa
position, elle aurait pu demeurer seule ; mais
entourée d'adorateurs, si jeune, elle sentit
dans la pureté naïve de ses intentions la nécessité d'un appui et se soumit volontairement à la surveillance d'une ancienne amie
de sa famille, femme sévère et d'austères
mœurs. Et c'était vraiment touchant de la voir
se plier aux conseils et aux petits sacrifices
que son amie exigeait d'elle, lui soumettant
avec résignation cette volonté si impérieuse
partout ailleurs ; et lorsque, par quelques
boutades ou vivacités, elle craignait de l'avoir

offensée, l'accablant de caresses et lui deman-
dant pardon avec l'abandon d'un enfant. Elle
lui montrait toutes les lettres qu'on lui
adressait ainsi que celles qu'elle écrivait. C'é-
tait madame Naldi qui touchait son argent,
le plaçait et ne lui donnait que le strict nécessaire.

Peu de temps avant sa mort , à l'époque
où sa fortune était si brillante , Maria disait
à un ami, en lui montrant un petit châle usé
qu'elle portait : « Je fais usage de ce vieux
châle de préférence à tout autre : c'est le
premier châle de cachemire que j'aie porté,
et j'éprouve un certain plaisir à me rappeler
toute la peine que j'ai eue à obtenir de
madame de Naldi qu'elle me permît de l'a-
cheter. »

IX.

A cette époque, on commença à nous jouer parfois, au Théâtre-Italien, des actes séparés d'opéras divers.

Maria se conformait avec répugnance à cette sorte de contre-sens, et me disait qu'elle avait la plus grande peine à s'identifier avec l'esprit de son rôle lorsqu'elle le commençait au second acte ; cela se conçoit parfaitement.

Ce mode de varier les plaisirs du public, ou plutôt de réparer les embarras imprévus des *impresarios*, est absurde à l'esprit.

Il faut toute l'indifférence des Italiens et le peu de cas qu'ils font du bon sens du *libretto* pour ne pas en avoir été choqué de prime-abord.

Mais si la raison se trouve blessée de ce contre-sens, il n'en est pas de même de l'oreille de l'amateur, qui, en vrai gourmet, découvre et savoure de délicates jouissances là où tout autre ne saurait les soupçonner.

L'ouïe, comme chacune de nos facultés,

est douée d'un certain degré donné de puissance qui a son premier développement, son
apogée et sa décroissance.

Quelque exercée que soit l'oreille à saisir
les nuances de l'harmonie, elle a besoin d'a-
bord de s'habituer au son.

Le *conducteur*, en sortant de l'engourdisse-
ment qui résulte de l'inaction, éprouve une
sorte de trouble qui ne se dissipe qu'à mesure que l'action se rétablit par l'exercice.

Dans ce moment seul la jouissance est
complète, parce que le sens, entièrement
développé, est dans toute la plénitude de sa
force.

L'action d'abord accroît le plaisir de l'organe, puis l'habitude l'émousse, et bientôt la

I.   14

fatigue l'irrite et le rend non-seulement incapable de jouir, mais de juger.

Alors il faut quitter la place, on est mort.

Ainsi il est facile d'observer qu'on n'apprécie guère à sa juste valeur les premiers morceaux d'un opéra, à moins qu'on ne les ait entendus autrement placés ailleurs ; qu'on écoute rarement les derniers morceaux, à moins que l'opéra ne soit très-court ; et, en général, que le succès de la pièce n'est enlevé qu'entre la fin du premier acte et le commencement du deuxième.

Il est donc évident que, pour multiplier les jouissances que nous procure la musique, il faudrait entendre tous les morceaux d'un opéra dans le moment où nos facultés sont déjà aptes à recevoir les impressions, et non lorsqu'elles ne sont pas encore développées ou qu'elles sont déjà lasses.

Par conséquent, en déplaçant les actes, on parvient à faire entendre la fin et le commencement dans le bon moment, celui où la vie de l'organe est dans toute sa plénitude.

Plus d'une fois je me suis plu à me rendre compte de ce fait par mes propres impressions, et l'expérience n'a fait que me confirmer dans la justesse de mes observations.

Combien d'opéras se sont ainsi renouvelés à mon oreille! Combién de morceaux de musique dont les impressions m'ont frappée de nouveau par des modifications imprévues qu'ils tenaient absolument de la nouvelle place qu'ils occupaient par rapport à mes propres dispositions!... Combien de souvenirs confus et fugitifs! combien de sensations de l'ame renouvelées par le coup électrique parti d'un chant entendu jadis avec distraction et, en apparence, inaperçu à mon oreille!... De combien de sensations nouvelles la musique d'ailleurs ne nous fait-elle pas vivre?

La place qu'on occupe au théâtre, l'étage où l'on se trouve, la manière dont le son arrive à l'ouïe, lorsqu'on est coiffé en chapeau, qu'on est nu-tête ou qu'on porte un bonnet, tout cela influe d'une manière sensible sur l'ame exercée aux délicates perceptions que lui transmet l'oreille...

Aussi, combien de fois n'entend-on pas dire, en sortant du spectacle : « Rubini n'a

pas si bien chanté aujourd'hui ; » et un autre
à côté : « Il a été divin ce soir, Rubini ; » et
plus loin : « Que la voix de Grisi était pure
et flûtée ! » et le voisin de répondre : « Ma
foi, je trouve au contraire qu'elle a horrible-
ment crié. » Et cette diversité d'opinions ne
tenait simplement qu'à la place que chacun
occupait, souvent à la personne qu'on avait
à côté, ou peut-être à la manière dont les
jambes de l'interlocuteur avaient été plus ou
moins torturées par son voisin.

Toutefois, la sensibilité de l'ouïe peut devenir tellement irritable, que souvent un organe rude, un son faux, peuvent, en le frappant, causer une sensation spasmodique et
presque douloureuse au cœur.

C'est le seul inconvénient peut-être de cet
art prestigieux et divin.

X.

Les succès de Maria croissaient de jour en jour.

La présence de mademoiselle Sontag (1)
au Théâtre-Italien était encore un nouveau

(1) Aujourd'hui comtesse Rossi.

stimulant pour son talent et contribuait à le grandir.

Toutes les fois que celle-ci obtenait un brillant succès, Maria pleurait naïvement en disant :

« — Pourquoi chante-t-elle si bien, mon Dieu ? »

Puis de ces larmes jaillissaient des beautés sublimes d'harmonie, et le public d'en profiter.

Un des plus vifs désirs des amateurs était de voir un jour, réunies dans le même opéra, ces deux charmantes artistes ; mais elles se craignaient mutuellement, et pendant quelque temps on ne put les entendre ensemble.

Un soir, elles se rencontrèrent dans un concert chez moi. Une sorte de complot avait été tramé à leur insu, et vers le milieu du concert, on leur proposa de chanter le duo de *Tancredi*...

Pendant quelques instans, il y eut crainte, hésitation ; mais enfin elles cèdent, et les voilà auprès du piano, aux grandes acclamations de l'auditoire.

Elles paraissaient toutes deux émues, troublées, et s'observaient mutuellement.

Mais bientôt la fin de la ritournelle attira leur attention et le duo commença.

L'enthousiasme qu'elles excitèrent fut tellement vif et si également partagé, qu'à la fin du duo et au milieu des applaudissemens, étourdies, charmées, étonnées de n'avoir plus à se craindre, elles se regardè-rent, et, par un mouvement spontané, par une attraction involontaire, leurs mains se cherchèrent, leurs lèvres se rapprochèrent, et un baiser de paix fut donné et reçu avec toute la vivacité et la sincérité de la jeu-nesse.

Cette scène fut ravissante et n'a pas été ou-bliée de ceux qui en furent témoins.

Au milieu de cette existence brillante, Ma-ria conservait tout son enfantillage de carac-tère, toute sa simplicité.

Elle était d'une ignorance totale sur tout ce qui concernait les détails d'intérieur.

Absorbée par ses études, elle se trouvait hors du cercle de la vie réelle; néanmoins

elle n'avait pas le goût du luxe et ne faisait
point de dépenses superflues ; mais un artiste malheureux venait-il frapper à sa porte,
elle le prenait aussitôt sous son égide, allait
chez lui, soulageait sa plus pressante détresse,
puis donnait un concert à son profit, plaçait
ses billets, se brouillait avec l'administration
si elle lui refusait la permission de chanter, et
finissait par s'en passer.

Elle accompagnait toujours ces actes de
charité de quelque soin délicat ou imprévu :
ainsi, à la fin de la saison théâtrale, une
jeune femme des chœurs, engagée à jour
fixe pour l'ouverture du *King's-Théâtre*
de Londres, se touva dans l'impossibilité
de partir de Paris faute d'argent. Maria lui
promit de chanter dans un concert que quel-

ques-uns de ses camarades donnaient à son profit.

Comme l'on pense, le nom de madame Malibran sur l'annonce attira beaucoup de monde. L'heure de la réunion sonna, la salle se remplit et Maria n'arrivait pas.

On attendit , on s'impatienta , et force fut de commencer le concert avant l'arrivée de Maria .

Vers la moitié du concert elle entra, et s'approchant de la jeune femme, elle lui dit à voix basse :

« — J'ai un peu tardé, mon enfant, mais le public n'y perdra rien, car je vais chanter tous les morceaux annoncés. En attendant , comme je vous avais promis toute ma soirée, je veux vous tenir parole. Je viens de chanter dans un concert chez le duc d'Orléans, on m'a donné trois cents francs, ils vous appartiennent. Les voilà. »

Son plus grand plaisir était de sortir de son état habituel de reine ou d'héroïne pour jouer des rôles plaisans ou ridicules.

C'est ainsi qu'elle s'empara de celui de Fidalma dans le *Mariage secret*, et qu'elle aurait joué celui de la duègne dans le *Barbier de Séville*, à ce qu'elle me dit un jour, pour avoir le plaisir de porter son costume.

Ne pouvant trouver des rôles de ce genre pour elle au théâtre, ennuyée de sa grandeur, Maria s'avisa de nous donner chez elle une représentation de pièces des Variétés.

Elle jouait la caricature à merveille, se

grimait aussi bien que Vernet ou madame Vautrin.

Tous les amateurs de musique, toute la société élégante de Paris, voulurent être invités chez Maria pour la voir jouer la comédie. Mais après un si flatteur succès, elle eut la contrariété d'apprendre qu'un journal anglais l'avait amèrement critiquée et que d'autres journaux français avaient répété cette diatribe. Maria, dans la crainte d'attacher trop d'importance aux éloges comme au blâme dont elle était l'objet dans les journaux, s'était fait une loi de ne jamais les lire. Elle aurait donc ignoré la boutade grossière que contenait le *Galignagni's Messenger* contre elle, si, par une circonstance particulière, elle n'en avait pas été instruite. Le baron de Frémont, grand admirateur du talent de Maria, mais

qui la connaissait fort peu hors du théâtre, lut par hasard l'article insultant fait
contre elle : il en fut offensé. Au bout de
quelques jours, ne voyant pas surgir un
champion de la foule d'adorateurs de Maria, qui, ayant assisté à la représentation chez
elle, aurait été à même de pouvoir rectifier
les faits, le baron de Frémont se sentit blessé
dans ses susceptibilités d'homme et de Français, et s'étant présenté chez Maria, lui
communiqua l'article fait contre elle et la
pria, en vrai preux, de lui permettre de
prendre sa défense en écrivant une lettre en
réponse à celle insérée dans le *Galignani's
Messenger*. Maria fut très sensible à cette
démarche. Elle avait été d'autant plus alar-
mée, se voyant ainsi attaquée, que n'ayant
pas encore chanté en Angleterre et devant

1.   15

y débuter un mois après, elle craignait que la lettre du *Galignani's Messenger* ne lui valût un fâcheux accueil de la part du public anglais (1).

Voici la lettre où elle adresse ses remercîmens au baron de Frémont.

LETTRE DE MARIA

A M. LE BARON DE FRÉMONT.

« Paris, 19   1829.

» Monsieur,

» Combien je suis sensible à tout ce que » vous avez bien voulu faire pour moi ! aussi » ma reconnaissance sera sans bornes. La

(1) On trouvera à la fin du volume les deux lettres dont il est question ici. La première était de nature à faire à Maria beaucoup de tort en Angleterre.

» représentation de *Tancredi* m'a tellement
» occupée que je n'ai pas trouvé un moment
» pour répondre à vos deux aimables lettres,
» et vous dire que j'avais chargé un de nos
» bons amis de faire les démarches que vous
» aviez eu la bonté de m'indiquer. Je crois
» qu'à cette heure tout doit être fait. Il est
» bien vrai que j'ai indiqué à madame Or=
» fila le désir d'assister au bal déguisé de
» madame Lebrun, mais je n'oserai jamais
» solliciter une invitation pour mon frère,
» moi n'ayant pas l'honneur de connaître
» M. Lebrun. Je vous remercie donc de votre
» bonne intention, mais je ne voudrais pas
» que ce bal fût un nouveau sujet pour faire
» parler de moi.

» Recevez de nouveau, monsieur, l'assu-
» rance de tous mes sentimens distingués,

» avec lesquels je suis, monsieur, votre af-
» fectionnée,

» M. MALIBRAN. »

Néanmoins, j'avoue que j'éprouvai un
sentiment de regret et presque de honte à
voir ainsi défigurés d'une manière si grotes-
que ce charmant visage et ces beaux yeux
habitués à exprimer les plus nobles sentimens
de l'âme.

Mais Maria, comme toute personne supé-
rieure, avait un besoin secret d'exercer ses
facultés dans tous les genres de talens; ce
n'était pas seulement par ambition de succès
qu'elle agissait ainsi, mais par nécessité de
sa propre nature.

XI.

Maria donna *Otello* pour son bénéfice le 31 mars. L'enthousiasme du public fut à son comble.

Pour la première fois, les couronnes et les bouquets apparurent sur la scène italienne à Paris.

Maria eut les prémices de ce doux hommage qui va si bien aux femmes et qui pénètre si loin dans leur cœur.

D'une nature nerveuse et romanesque, elle aimait les fleurs avec passion, et lorsque, tuée déjà par son amant, elle gisait morte sur la scène, qu'Otello, dans sa douleur furibonde, s'apprêtait à se donner la mort et à tomber à son tour, elle lui répétait tout bas :

— Prenez garde à mes fleurs..... Prenez garde à mes fleurs..... »

Pour se reposer des fatigues théâtrales, elle alla, à la fin de juin, passer quelques semaines au château de Brizay, chez madame la comtesse de Sparre.

Cette charmante femme, bien digne par

son talent d'être au premier rang des artistes, et par ses vertus d'occuper la place
d'une grande dame, portait à Maria une vive
affection.

A la campagne, notre brillante artiste
oublia la couronne de Semiramide, la harpe
de Desdemona, et endossa l'habit d'écolier.

Espiègle, infatigable, elle trouva que le
costume de femme la gênait, et revêtit le
pantalon, la courte blouse, le foulard négli-
gemment noué sur le cou et la casquette.

Levée dès six heures du matin, tantôt le
fusil sur l'épaule, elle allait à la chasse, tantôt elle montait à cheval, ayant soin de choi-
sir le plus indomptable, courait et bondissait
à travers les plaines et les côteaux, au risque
de se casser le cou, traversait les rivières à
gué, dans les plus périlleux endroits, et ren-

trait juste à temps pour rassurer ses amis, alarmés de ses courses vagabondes.

Pendant le reste de la journée, elle sautait à la corde, jouait au diable ou faisait de longues courses à pied.

Madame de Sparre avait chez elle un vieil ami, médecin, bon, naïf, et dont le calme contrastait avec les folles gaîtés de Maria. M. D..... était fort charitable.

Maria s'avisa un jour de s'affubler d'un habit complet de paysanne. Le bonnet pointu à barbes, la croix d'or, les petits souliers à boucles, rien n'y manqua.

Elle se grima et donna à son visage une teinte basanée au moyen d'un mélange de chocolat et de je ne sais quel autre ingrédient, s'arrondit les joues avec une légère couche d'étoupes dans la bouche, et se pré-

sentant au médecin, lui dit dans le patois
du pays, dont elle avait déjà merveilleusement pris l'accent, que *sa mère était fort
malade...* qu'*elle s'était cassé un bras*, etc.

« — On dit que vous connaissez la méde-
cine, monsieur, donnez-moi donc quelque
moyen de guérir ma pauvre mère... Nous
sommes si pauvres !... »

M. D... s'attendrit, lui indique quelques
simples, lui donne de l'argent, et Maria
part.

Cette scène se passa à la brune.

Le soir, Maria, en entendant raconter la
visite de la villageoise, témoigna le plus grand
regret de n'avoir pas pu la voir.

Elle revint plusieurs fois voir M. D..... et
finit par lui faire entendre qu'elle le trouvait

à son gré, et le docteur de s'en moquer avec
ses amis, et souvent avec Maria même, qui
cherchait à ses absences tantôt le prétexte
d'une migraine, tantôt celui d'une course
dans le village, ce qui lui arrivait souvent,
car elle faisait beaucoup de bien en secret,
visitant les malades et portant des secours
aux familles malheureuses.

Un jour, pourtant, la jeune fille, enhar-
die par le succès, vint voir le docteur, et
avec un air tout gauche et tout tendre, le
pria de lui donner le bras et de faire quelques tours de promenade avec elle dans le
jardin...

Le docteur, se tournant vers les personnes
qui étaient présentes, haussa les épaules,
tout en la laissant s'emparer de son bras'
et dit :

« — La flatteuse conquête que j'ai faite
là!... »

Il n'avait pas fini ces paroles, qu'un vigou-
reux soufflet, appliqué sur la joue, vint lui
apprendre qu'il faut être poli, même envers
une paysanne...

« — Et où en trouveras-tu une plus belle,
fat discourtois? » lui dit Maria sans déguiser
sa voix, que jusqu'alors elle avait tout à fait
dénaturée à l'aide de l'étoupe placée au de-
dans des joues.

Le pauvre docteur resta tout confondu, et
les autres de rire et de faire compliment à
Maria sur la perfection de son jeu.

Tout en s'amusant de la sorte, Maria ne
cessait pas de faire de bonnes actions. Quelques jours plus tard, elle remarqua que

M. D... était fort préoccupé. Elle l'interrogea en vain sur la cause de sa tristesse.
Mais bientôt elle apprit qu'une sœur de
M. D..., dont la fortune était déjà fort délabrée, venait de voir compléter sa ruine par
un incendie qui avait consumé la petite maison qu'elle habitait, seule propriété qui lui
restât.

Par suite de cet événement, M. D... se
voyait non-seulement obligé de porter secours à sa sœur, mais encore de faire un
voyage dans le Midi, où elle se trouvait,
pour l'aider de ses conseils; et, comme sa
propre fortune était très-bornée, son embarras devenait extrême pour accomplir ces
devoirs.

Maria aussitôt donna des ordres secrets

pour que la maison fût réparée à ses frais.

Elle mit tant de célérité à exécuter ce mystérieux bienfait, qu'au moment où M. D... allait se mettre en route pour le Midi, il reçut une lettre du maire du village qu'habitait sa sœur, par laquelle il lui accusait réception de la somme *par lui envoyée*, l'assurant qu'on se conformerait en tout à ses ordres, etc. Car Maria était entrée dans tous les détails et avait donné les instructions nécessaires au maire, de manière à rendre le voyage de M. D... inutile.

Le frère et la sœur ont ignoré, pendant la vie de Maria, à qui ils devaient ce bienfait. Mais depuis quelque temps une pierre, à côté du perron de la maisonnette, porte cette inscription :

REBATIE

PAR LES SOINS BIENFAISANS

DE MADAME MALIBRAN.

La générosité de Maria était d'autant plus louable à cette époque, qu'elle commençait à peine sa carrière théâtrale, et qu'une partie du fruit de son travail était envoyée en Amérique.

XII.

Après un séjour de trois mois au château du Brizay, elle revint à Paris, où la saison théâtrale l'appelait.

Elle s'était engagée avec M. Laurent, directeur du Théâtre-Italien, sous les mêmes conditions que l'année précédente, c'est-à-dire 800 francs par représentation et un bénéfice.

Les premiers sujets de la troupe étaient Maria, mademoiselle Sontag, Donzelli, Zuccheli et Grazziani. Maria reparut dans *Otello*, et retrouva toute la faveur du public.

Le 15 octobre, on joua la *Mathilde di Shabran*. Maria chanta la partie de Mathilde avec sa supériorité accoutumée. Néanmoins ce rôle, écrit sur les notes élevées et riche en agilité, convenait mieux à la voix de mademoiselle Sontag.

Peu de temps après, Maria le lui céda.

La *Cenerentola* et la *Gazza ladra* valurent à Maria des succès prodigieux. Elle était ravissante sous son petit costume de Cenerentola, et avait saisi l'esprit de son rôle d'une manière naïve et vraie.

Son air de douce victime vis-à-vis de son père changeait subitement en face de ses sœurs pour prendre un aspect fier et boudeur, tout en se résignant à leur obéir.

L'air de la fin avait été merveilleusement conçu pour sa voix, ainsi que le premier *cantabile* du final du premier acte. La facture étendue et large de ces deux morceaux permettait à Maria de déployer toutes les ressources de sa belle méthode et la richesse de ses moyens dans des traits tantôt soutenus, tantôt lancés avec autant de hardiesse que de bonheur.

C'est elle qui, dans la *Gazza ladra*, nous révéla pour la première fois le beau duo de la

prison, qui jusqu'alors avait passé inaperçu,
et souvent même on s'était permis de le sup-
primer, comme on aurait fait d'un morceau
de second ordre...

Pauvres compositeurs, où serait votre
génie si vous ne trouviez parfois des talens intelligens et poétiques pour vous deviner!...

Ce duo, oublié jadis parce qu'il n'avait pas
été compris, a fait les délices du public depuis; et lorsque Maria, après avoir chanté
l'andante avec une prophétique et touchante
mélancolie, attaquait hardiment la caba-
letta de l'allegro, en défiant les fureurs du
destin, et passait subitement des notes les
plus graves aux notes les plus élevées, avec
cette noble inspiration du génie qu'elle pos-

sédait si bien, l'enthousiasme du public devenait du délire.

On aurait pu résumer toute l'histoire de la
pauvre Ninetta dans ce duo, d'après la manière dont Maria l'avait conçu.

Vie d'innocence et de douceur traversée
par de tristes pressentimens, les tourmens du
martyre, la force du désespoir, la résignation de l'innocence, tout y était... excepté
pourtant les joies célestes promises aux pauvres mortels qui ont bien souffert sur la terre.
Il faut espérer que la pauvre Ninetta en jouit
plus tard.

Je n'ai jamais vu jouer ce drame, même
adouci par la musique, sans éprouver une
oppression indéfinissable, en songeant à la
vérité du sujet et à la *justice* des hommes.

Le 9 décembre, Maria joua l'opéra de *Clary*, de M. Halévy, composé pour elle, et obtint un brillant succès. Cet opéra était riche de plusieurs beaux morceaux.

La scène où Clary paraissait pour la première fois ornée de brillantes parures, enivrée de tous les prestiges de l'amour, et qu'entourée enfin de l'éclat séducteur de l'opulence, elle exprimait ses remords, ses tristes souvenirs, ses regrets, en pensant à son innocence perdue, à la chaumière de son père; on aurait cru voir les larmes du repentir baigner ses magnifiques atours.

Quelque chose de si profondément touchant passait alors de la voix de Maria au cœur de ceux qui l'écoutaient que l'empreinte y restait bien longtemps après, gravée par le souvenir.

Qu'elle était belle lorsqu'elle découvrait enfin que son amant la trompait, lorsqu'il lui avouait qu'il n'avait jamais eu l'intention de l'épouser!

Quelle noble fierté, quelle âme haute elle décelait dans ses accens! Comme dans sa misère, elle devenait grande à côté de son amant!...

Maria seule savait, dans un art dont les impressions sont si fugitives, produire de ces effets imprévus dont le souvenir ne s'efface jamais.

Il n'était donné qu'à cette intelligence rare, à cette nature ardente, vraie, passionnée, excentrique, de nous révéler toute la puissance de l'art.

Ceux qui l'ont vue dans cet opéra pour-

ront-ils jamais oublier cette belle scène de
nuit, lorsque, ayant repris l'humble et mo-
deste costume du village, elle s'apprête à partir, et, après avoir dit adieu à tant d'illusions
perdues, à tant de vaines espérances, elle
ouvre la fenêtre pour se précipiter dans la
rue? Mais un rayon de la lune venant à frapper d'aplomb sur le portrait de son amant,
elle s'arrête et le regarde...

Non, rien ne saurait exprimer l'admirable
expression de ses yeux, de son attitude, de
l'accent déchirant de sa voix en lui adressant
un dernier adieu!...

Il est à regretter que l'opéra de *Clary* ait
été si peu entendu. Il est vrai qu'après avoir
été chanté par Maria, ce rôle était inabor-
dable. Qui aurait pu produire comme elle

cette étendue de moyens, ce mélange de sensibilité et de sentimens fiers ?...

Toutefois, il est malheureux pour l'auteur de voir périr dans l'oubli un ouvrage qui lui fait tant d'honneur; pour le public, de ne pouvoir plus en jouir.

Le 2 avril 1829, après la clôture du théâtre, Maria partit avec madame Naldi pour Londres, où elle s'était engagée avec le directeur Laporte, pour chanter au *King's Theatre*, pour 75 guinées par représentation et un bénéfice. Elle trouva en Angleterre l'écho de ses succès à Paris, joua *Otello*, *Semiramide*, la *Gazza ladra*, les *Capuleti* de Bellini et la *Cenerentola*.

Bien qu'elle excitât l'admiration générale, elle éprouva quelques contrariétés dans la

société, qui fut choquée, je ne sais trop
pourquoi, de ce qu'elle exigeait 25 guinées
par concert, prix qu'on avait accordé à la
Pasta; et comme Maria mit une certaine
fierté à ne pas céder, les choses en restèrent
là, et elle chanta fort peu dans les salons.

Elle fut très peinée de cette sorte d'exil,
non à cause de l'intérêt pécuniaire, mais
parce qu'elle attachait un grand prix à l'a-
vantage de se rapprocher de la haute société.
Elle fut pourtant reçue à merveille dans tous
les salons où on l'invita, et trouva à Londres
comme à Paris des amis véritables parmi les
personnes haut placées.

La veille de son départ, en rentrant chez
elle, après la sortie du spectacle, et encore
enivrée d'applaudissemens et du parfum des
fleurs qu'on lui avait offertes, elle aperçut

une pauvre femme qui se glissait au-dessous du marteau de la porte, tenant deux
enfans presque nus par la main et lui de-
mandant l'aumône...

La nuit était froide et pluvieuse....

Maria fit entrer chez elle la mendiante et
ses enfans, les réchauffa à son propre feu,
leur donna quelques hardes chaudes pour se
couvrir, et mettant cinq guinées dans la
main de la mère, elle lui dit :

« — Allez, pauvre femme, et priez pour
moi. »

Maria s'engagea pour chanter à Bath et à
Bristol dans huit concerts, au prix de
soixante-dix guinées par concert, et comme
ils ne devaient avoir lieu qu'à la fin de
septembre et dans les premiers jours d'octo-

bre, en attendant cette époque elle profita des jours qui lui restaient libres pour
aller à Bruxelles, où elle était attendue avec
impatience. Là, elle chanta dans plusieurs
concerts au théâtre et obtint les succès ac-
coutumés.

XIII.

Jusqu'à ce moment, son ame, absorbée par l'amour de l'art, n'avait paru rien désirer au-delà : ses mœurs avaient été pures et sévères. Mais, à cette époque, le sentiment qui, dans une nature d'élite comme la sienne, devait faire la destinée de sa vie, a dé-

17

veloppa dans son cœur pour un jeune artiste.

Le choix de Maria était en harmonie avec son état, et au milieu des séductions auxquelles elle était exposée, il prouvait l'instinct pur et élevé de ses inclinations.

Un jour on la plaisantait sur la passion qu'elle inspirait à un de ses adorateurs.

« — Oui vraiment, dit-elle avec un air de conviction et de simplicité à la fois, je crois qu'il m'aime, mais que faire? Je ne l'aime pas. Je ne veux pas me faire passer pour une héroïne de vertu. Je sais que, jeune, indépendante par mon état, mariée à un homme qui peut être mon grand-père et qui est à deux mille lieues de moi, entourée de dangers, je finirai par aimer un jour, mais alors je ne ferai pas la coquette, je le dirai tout simplement à l'homme qui me plaira, et ce sera une affaire pour la vie. »

Elle tint parole.

M. de Bériot, né en Belgique et artiste distingué, avait passé à Paris l'hiver qui venait de s'écouler. Maria l'avait rencontré quelquefois dans des réunions où le concours de leurs talens avait été appelé.

Bien que le connaissant fort peu, elle éprouvait un certain intérêt pour lui, tant à cause de son talent, qu'elle admirait avec la véhémence naturelle de son imagination, comme parce qu'elle le savait malheureux dans ses affections.

Bériot était fort épris de mademoiselle S..., qui, tout occupée elle-même alors de celui

qui est devenu son mari depuis, ne le payait
pas de retour.

Le malheur est un moyen bien puissant
pour réussir sur le cœur d'une femme passionnée et délicate : aussi Maria, tout en
plaignant Bériot, l'aimait sans s'en douter.
La fin du printemps vint les séparer, et Maria le retrouva à Bruxelles.

Un soir, ils étaient au château de Chimay,
Bériot venait de jouer dans un concert de sa
composition. Au milieu des applaudissemens,
Maria s'approche de lui, et, pâle, les yeux
humides, elle lui prend les mains dans ses
mains tremblantes, et, avec une expression
indéfinissable, lui dit :

« — Je suis bien heureuse de vos succès !...

» — Merci, merci, lui dit Bériot tout en

écoutant plusieurs personnes qui le félicitaient à la fois, et moi je suis bien flatté de votre suffrage !

» — Mais, non, ce n'est pas cela, mon Dieu!!!... Ne voyez-vous pas que je vous aime!... »

Troublé, charmé en face d'un sentiment si sincère et si naïvement exprimé, Bériot ne savait pas s'il rêvait ou si Maria, entraînée par un enthousiasme du moment, n'avait pas proféré des paroles irréfléchies...

Dès ce moment, une liaison intime de cœur s'établit entre les deux artistes.

Maria retourna peu de jours après en Angleterre pour remplir ses engagemens.

La surveillance de madame Naldi commença à lui devenir gênante. Elle ne tarda pas à lui cacher sa correspondance.

Son amie, soupçonnant son attachement pour Bériot, le combattit avec toute la sévérité de son caractère. Maria écouta ses conseils avec une déférence apparente, mais elle en fut vivement blessée, et dès ce moment elle ne songea plus qu'à saisir la première occasion pour s'affranchir d'une tutelle à laquelle, peu de temps auparavant, elle s'était si volontairement soumise.

Elle débarqua à Calais le 26 octobre, arriva à Paris le 28, et descendit à un petit hôtel qu'elle avait loué rué de Provence par l'entremise d'un de ses amis. Elle avait mis beaucoup d'insistance à se loger dans une maison à elle seule appartenant, car bien que rien ne fût encore changé dans sa position, je ne sais quel instinct de femme, peut-être des projets et des désirs non avoués, mais sourde-

ment formés, lui faisaient pressentir l'importance pour elle d'une entière indépendance à
venir.

La saison des Italiens recommença plus brillante que jamais.

A Maria et mademoiselle Sontag était venue se joindre madame Pizzaroni. Rien n'é-
tait comparable à la réunion de ces trois talens.

Les succès de madame Pizzaroni, si mal-
traitée par la nature du côté de la beauté,
font autant d'honneur à son talent qu'au public éclairé, qui savait si bien surmonter les
désagrémens de sa personne en faveur de son
mérite. C'est un des plus beaux triomphes de
l'art.

Sa voix de contralto, bien que très étendue,
était fort inégale, et, pour comble de dis-

grâce, elle était obligée , pour prendre une partie des sons du médium, de tordre la bouche, de sorte que le timbre en devenait tout particulier et vraiment étrange.

Plusieurs connaisseurs prétendaient que, malgré sa belle et grande méthode, cet inconvénient tenait seulement à la bizarre habitude qu'elle avait prise de tourner ainsi sa bouche vers une certaine hauteur de la voix, mais j'en doute.

Les meilleurs chanteurs ont deux manières de *faire;* l'une selon les règles de l'art, l'autre selon la nature de leur voix ; et comme ils produisent souvent de grands effets par de certains défauts de leur organe (1), ils sont

(1) Ainsi, un des plus grands charmes du chant de madame Pasta était cette couleur vive qui résultait de l'inégalité des sons de sa voix , dont la partie grave était

aussi souvent obligés de trahir l'art pour en
pallier d'autres. Et nous avons vu parfois plus
d'un grand artiste, après avoir bien chanté
pendant plusieurs années d'après les principes
de l'art, gâter leur manière par des défauts
graves et enfin devenir décidément mauvais,
et cela parce que la voix n'étant plus la même,
ils faisaient comme ils *pouvaient* et non comme ils *savaient*, ce qui prouve que dans le
chant comme en morale l'indulgence et la
charité peuvent n'être simplement que de
la justice.

sourde, brusque et passionnée, tandis que les sons du
fausset, par leur douce et suave fraîcheur, procuraient
un contraste de jouissances variées et inattendues. Ainsi
nous sommes souvent surpris par une sensation profonde de mélancolie en entendant à de certaines personnes le son guttural et rude qui résulte du passage subit
de la voix de poitrine à la voix de tête, etc., etc.

Maria fit sa rentrée dans *Otello* et fut reçue avec enthousiasme. *Otello* fut suivie de *Tancredi* et de *Roméo et Julietta* de Zingarelli.

Dans ces deux derniers opéras, Maria fut puissamment secondée par le charmant talent de mademoiselle Sontag, qui joua le rôle d'Aménaïde dans *Tancredi*, et celui de Julietta dans *Roméo*.

Maria était devenue un objet d'adoration pour tous les amateurs. A ses chants admirables elle réunissait les mérites d'une grande tragédienne. Son jeu n'était jamais étudié, il était le résultat de ses propres impressions, et si l'ardeur de son imagination l'emportait parfois au-delà du cercle marqué par l'habitude ou les convenances, elle atteignait souvent le sublime.

Elle n'avait jamais pris de leçons de poses ou de déclamation ; elle était l'élève de la nature, mais d'une nature forte, passionnée et tendre à la fois ; et comme elle avait l'instinct du beau et du vrai, elle comprenait à merveille, sans avoir recours à l'art, la manière de frapper juste au fond des cœurs.

Bientôt les intérêts de son état et l'impatience du cœur ramenèrent Bériot à Paris. Maria le reçut avec une joie naïve et tendre, mais avec réserve, car elle craignait par-dessus tout l'opinion. Elle se sentait déjà blessée en songeant que si elle était reçue dans le monde ce n'était qu'à cause de son talent.

La conscience qu'elle avait de sa propre valeur et sa fierté naturelle la faisaient beau-

coup souffrir lorsqu'elle croyait apercevoir
une ligne de démarcation, par rapport à elle,
entre le rang et le talent, entre l'égalité qu'im-
pose l'amitié et la simple affection qu'accorde
la protection ; et souvent un regard, un geste
par leur rude choc, venaient, comme la fou-
dre, renverser le palais magique où, trans-
portée par ses adorateurs, elle jouissait en
rêve de ses triomphes.

Sa vie était ainsi composée de contras-
tes.

Maîtresse des cœurs et des volontés par la
puissance de son talent, enivrée d'éloges et de
flatteries, elle se voyait adorée par ses escla-
ves. Mais ce front qui savait si bien porter
une couronne, pliait et rougissait de dépit en
face d'un salut plus ou moins aristocratique,
et souvent, en rentrant chez elle, on la

voyait fondre en larmes et s'écrier en sanglottant :

« — Rien que l'artiste !... Ils ne voient que
cela !... l'esclave qu'ils paient pour leurs
plaisirs !....

On penserait, d'après cela, qu'elle devait
se trouver flattée lorsque quelque personne
de la société s'avisait de l'inviter chez elle
et que, par un sentiment de délicatesse, on
évitait avec soin de la prier de chanter.
Chose bizarre et inexplicable! Maria partait
comblée d'attentions, mais emportant avec
elle au fond du cœur un dépit secret qui se
manifestait soit par l'ennui où l'humeur qui
perçait dans ses réponses lorsqu'on la ques-
tionnait sur ses plaisirs de la soirée, soit par
les éloges tant soit peu amers qu'elle affectait
de prodiguer au généreux désintéressement

des politesses qu'on lui avait faites. Toutefois il était facile d'apercevoir alors que de tous les inconvéniens, celui qu'elle redoutait le plus, c'était de se voir dépouillée de son auréole de gloire.

XIV.

Maria comprenait toute l'importance d'une bonne réputation, seul moyen pour elle de compenser les inconvéniens de sa position sociale et d'obtenir cette considération à laquelle elle attachait un si grand prix.

18

Un jour, dans un moment de confiant abandon, Bériot lui proposa de prendre un engagement pour la Russie, où il était lui-même attendu. Les plus brillantes conditions, les plus belles espérances de succès devaient être le résultat de leur mutuelle adhésion.

Ce projet, bien que tout naturel sous le rapport de l'art, blessa les susceptibilités de Maria.

Jusqu'alors elle ne s'était pas bien rendu compte de la position qu'elle s'était créée par rapport à Bériot : la pureté de ses intentions, le tour romanesque de ses idées, disons mieux, son imprévoyance et son étourderie lui avaient, comme un voile, dérobé le danger et la difficulté pour elle, après l'aveu de sa tendresse, de garder tous ses avantages en face de son amant.

Elle crut entrevoir, pour la première fois, dans la proposition de Bériot, les conséquences de son imprudence, et non-seulement elle repoussa le projet de ce voyage, mais, tout en motivant son refus sur la crainte de l'opinion, Maria, par quelques paroles vives, fit comprendre à son ami ses regrets de ce qu'il n'y eût pas songé le premier. Bériot fut blessé de ce reproche, et pendant quelques jours des rapports plus froids existèrent entre eux.

Mais cette crise fut de courte durée, et bientôt une nouvelle explication vint rétablir la paix. Le lendemain de la réconciliation, Bériot ayant appris que Maria avait le désir d'apprendre à jouer de la harpe, lui en envoya une de toute beauté.

Touchée de cette attention, elle se mit à travailler avec ardeur sur cet instrument et parvint à s'accompagner elle-même la romance dans le rôle de Desdemona. Elle aurait sûrement réussi à très bien jouer de la harpe, mais elle y renonça bientôt de peur de nuire à sa voix.

Elle avait une mémoire prodigieuse. Je l'ai vue apprendre par cœur, en quatre ou cinq heures, un opéra en un acte, assez bien pour le jouer le soir. Elle lisait la musique et les paroles, tant en prose qu'en vers, avec autant de rapidité que de clarté.

Un jour, ayant été chez M. Neukomme pour essayer son orgue expressif, Maria prit la messe de ce compositeur, qu'elle trouva sous sa main, et chanta d'un bout à l'autre, en s'accompagnant, cette œuvre d'une extrême difficulté, copiée à la main, sans se tromper d'une parole.

J'ai déjà dit combien elle avait d'aptitude pour l'étude des langues, mais cette merveilleuse disposition ne se bornait pas seulement aux idiomes *parlés*, elle s'étendait aussi au langage des signes. Sa conception était d'une rapidité prodigieuse.

Un jour, un de ses amis lui amena un jeune homme sourd et muet. Maria ignorait son infirmité. La mélancolie de sa physionomie la frappa. Elle en fit l'observation à son ami qui lui en apprit la cause. Maria n'avait jamais vu de sourd et muet, et n'avait pas une idée du langage des signes.

Frappée vivement de l'état de ce pauvre enfant, et les larmes aux yeux, elle s'en approche, l'excite, tâche de lui communiquer ses idées par signes, l'observe, essaie à son tour de l'imiter, finit par le comprendre, et au bout d'une demi-heure elle avait établi une conversation dans toutes les règles avec lui, au point de lui servir d'interprète...

Et c'était une belle chose à contempler que les yeux attentifs du jeune homme, et ce regard où toutes ses facultés étaient concentrées, dardant des étincelles de curieuse intelligence sur les prunelles voilées de larmes de Maria et sur ce visage d'une expression magique!...

Maria aimait tous les exercices du corps. Elle montait parfaitement à cheval, mais

elle dansait mal. En général, les chanteurs
ont peu de disposition pour la danse, et
ce qu'il y a de plus singulier, ils dansent
souvent à contre mesure, comme les musiciens sont peu sensibles aux charmes de la
poésie.

D'où cela vient-il? On pourrait penser,
de prime-abord, qu'un sens plus développé
absorbe la faculté des autres sens; mais s'il
est vrai que la danse et la musique, ainsi
que la musique et la poésie, comme les
plantes d'une même famille, fleurissent sur
la même tige, on ne saurait où trouver
la cause d'un phénomène aussi contradic-
toire.

Au milieu des brillans succès que Maria
obtenait chaque jour, elle avait à souffrir des

tracas inévitables qui surgissaient fréquem-
ment entre elle et l'administration.

Cette dernière était exigeante, et Maria,
dont le caractère indépendant, comme je
l'ai déjà dit, pliait difficilement, se révoltait
souvent sous le joug théâtral, lien inflexible
et pesant, caché sous des monceaux de fleurs,
esclavage volontaire qui, entre la flatterie et
le coup de fouet, laisse à l'âme altière si
peu d'espace pour se tordre, se mettre en
révolte et mordre la chaîne qui la coupe jusqu'au vif.

Mais d'autres orages plus violens l'atten-
daient.

XV.

M. Malibran arriva d'Amérique.

Sa femme, qui jusqu'à ce moment l'avait constamment secouru, comprit qu'il lui serait impossible de suffire par son travail à satisfaire les engagemens de son mari

en même temps qu'à pourvoir à son entretien.

En se mariant, M. Malibran lui avait assuré qu'elle aurait une existence indépendante et qu'il la retirerait du théâtre, et pour
indemniser le père de la perte du talent de la
fille, il devait, dans l'espace d'un an ou deux,
lui faire un don de 100,000 francs.

A peine deux mois s'étaient écoulés après
le mariage que M. Malibran fit faillite. Dès
ce moment l'existence de Maria ne dépendit
plus que de son talent.

Quatre ans de travail et de fatigues conti-
nuelles lui avaient à peine procuré quelques
faibles économies : elle eut donc de justes
motifs pour craindre que la présence de son
mari en Europe ne fût la perte d'un avenir
qu'elle se préparait avec tant de peine. Son

union avec lui, d'ailleurs si disproportionnée,
n'avait été marquée jusqu'alors que par des
souvenirs amers.

Ces motifs n'étaient peut-être pas encore
suffisans, en face du monde et de la loi, pour
la justifier de n'avoir pas voulu recevoir son
mari chez elle.

Mais, dans les affaires de ménage, il est
aussi juste qu'équitable de toujours suspendre
son jugement et respecter les mille et une
raisons puissantes qui, dans de pareils cas,
ne peuvent se faire jour hors du foyer domestique.

Si on ajoute à ces causes de juste circons-
pection l'indépendance qu'acquiert la femme
artiste par le seul fait d'être le propre instru
ment de sa fortune, on n'osera pas condam-
ner Maria.

M. Malibran insista à faire valoir ses
droits; mais moyennant la médiation de
quelques amis communs et quelques sacrifices pécuniaires, une transaction à l'amiable
eut lieu.

Dès ce moment, Maria comprit toutes les
conséquences du précoce et imprudent engagement qu'elle avait contracté.

Son mari, bien que modéré dans l'arran-
gement qui venait d'être arrêté entre eux,
pouvait changer d'avis, et alors elle se retrouvait encore, d'après la loi, sous sa dépendance. Cette crainte lui causait une frayeur
continuelle; elle pleurait et se débattait contre sa destinée.

C'est au milieu d'une nuit sans sommeil
que la pensée subite du divorce la frappa.
Plusieurs motifs puissans à faire valoir se

présentèrent tour à tour à son imagination, et à peine le jour parut, qu'elle s'adressa à un de ses amis, le priant de la conduire chez un avocat célèbre.

Le mariage ayant eu lieu à New-York, celui-ci jugea que certains renseignemens étaient indispensables. On écrivit en Amérique, et les choses en restèrent là pendant quelques mois.

C'est alors que Maria, sachant l'influence du général Lafayette aux États-Unis, lui écrivit, le priant de lui accorder sa recommandation près des juges, comptant d'abord que l'affaire devait être, selon toutes les apparences, plaidée à New-York.

M. de Lafayette alla la voir et ne tarda pas à être enchanté de sa protégée. Il devint son ami, je dirai son père, car il l'appelait sou-

vent ma fille et lui témoignait la plus vive
affection ; parfois même, ce beau vieillard
fixant sur elle ses yeux où l'ardeur de la jeunesse semblait briller encore...

« — Maria, lui disait-il, savez-vous que
vous êtes mes dernières amours?... »

Tous ceux qui ont connu Maria dans l'intimité comprendront facilement cette fascina-
tion prestigieuse qu'elle avait opérée sur le
général Lafayette, car il n'y a pas un d'eux
qu'au bout de quelques heures elle n'eût cap-
tivé par le charme et l'originalité de son esprit. Puis elle était si rieuse, si simple, si soumise aux avis des gens en qui elle se confiait,
qu'on finissait par l'adopter et l'aimer comme
un enfant charmant.

Bien que très-flattée, elle avait un tel
amour de la vérité, qu'elle en était subjuguée

même lorsqu'elle se présentait sous des formes sévères. C'est ainsi que, guidée par le plus noble instinct, elle s'attacha le plus dévoué de ses amis.

Maria avait un goût vif pour les jeux d'esprit. Les charades, les rébus, les vers, les calembours, elle essayait tout, et faisait preuve souvent d'une rare connaissance des tours délicats ou plaisans de la langue.

Un soir elle était chez M. *** Plusieurs personnes s'y trouvaient réunies, et chacun essayait à son tour d'imiter Maria ou de l'applaudir.

M. Viardot, qui la connaissait fort peu alors, faisait partie de la société, mais se tenait à l'écart, observait et n'applaudissait pas. Maria, par quelques mots aimables, avait essayé de l'attirer vers le centre des plaisirs de la soirée, c'est-à-dire vers la grande table, où, entourée de ses admirateurs, elle leur prodiguait tous les charmes de son esprit et de ses talens.

Mais M. Viardot, toujours à une certaine distance, continuait à conserver une attitude réservée, et souvent blâmait ce que les autres approuvaient. Tout à coup, tenant à la main un rébus qu'elle venait de faire, Maria s'approcha de lui et lui dit à voix basse : « Donnez-moi donc votre avis sur mon rébus... — Il n'est pas bon, lui dit M. Viardot, et voici pourquoi... »

Maria écouta son avis, puis elle lui dit :

« — C'est singulier, tout le monde me fait des complimens, tout le monde m'applaudit, et vous seul vous ne me dites rien ou m'improuvez. Pourquoi cela?...

« — Parce que je vous estime trop pour chercher à vous plaire par des flatteries, et que je suis assez votre ami, bien que ne vous voyant que rarement, pour vous dire la vérité, même au risque de vous déplaire. »

Aussitôt qu'il eut fini, Maria, qui l'avait écouté attentivement, ses beaux yeux attachés sur lui, avance sa petite main :

« — Donnez-moi la main, lui dit-elle, vous êtes un brave homme, vous me plaisez, accordez-moi votre amitié, la mienne vous est acquise pour la vie. »

Depuis ce moment, M. Viardot devint son confident et son conseil.

On verra plus tard combien son dévoûment lui fut utile.

Maria avait une grande facilité pour la composition, et nous connaissons une foule d'airs et de romances d'elle qui l'attestent. Elles portent en général l'originalité de son caractère, tendre et brillant à la fois. Elle ne les vendait jamais et les destinait soit à faire des cadeaux à ses amis, soit à de bonnes œuvres.

Voici un trait d'elle, entre autres, qui est d'une délicatesse exquise.

Maria rencontrait souvent, chez un de ses amis, une dame veuve et âgée; celle-ci était pauvre et malheureuse. Maria éprouvait un vif désir de la secourir, mais la position et le caractère de madame Du.... exigeaient des ménagemens.

Voici comment notre charmante actrice s'y prit :

« — Madame Du...., lui dit-elle un jour, je sais que votre fils fait de fort jolis vers. »

« — Oui, madame, il s'amuse quelquefois à cela... Mais il est si jeune! »

« — Mais savez-vous que je vais lui proposer une petite affaire à moitié? Troupenas (1) m'a demandé un nouveau cahier de romances, je n'ai pas de paroles : si M. votre fils veut me les donner, nous partagerons les profits. »

Maria reçut les vers et donna en échange 600 francs. Les romances ne furent jamais faites.

Au mois de février, Bériot partit pour Bruxelles, et quelques semaines après, sa sœur écrivit à Maria, en lui proposant, de la part de son frère, un engagement en Hollande pour un certain nombre de concerts.

(1) L'éditeur de toutes ses romances.

Mais Maria, toujours prompte à s'alarmer, et malgré le tendre penchant qu'elle couvait dans son cœur, se livrant à des conjectures sur les intentions de Bériot et sur le tort qu'allait lui faire dans l'opinion ce voyage avec lui, fit sa réponse dans ce sens à madame J..... Comme les explications sont plus difficiles de loin que de près, la correspondance fut interrompue et les deux amans brouillés.

XVI.

La saison de Londres ramena Maria en Angleterre.

Le directeur Laporte commençait à faire
de mauvaises affaires ; mais un engagement
aussi brillant que celui de l'année antérieure
décida Maria à courir la chance.

Elle partit le 2 avril de Paris et arriva à Londres le 5. Maria devait débuter par la *Cenerentola*, après madame Lalande, qui faisait partie aussi de la troupe comme prima donna, et qui parut avant elle dans le *Pirate*... Mais laissons Maria elle-même raconter le début de sa rivale.

Cette lettre, adressée à un de ses amis, dévoile, par l'originalité qui y règne, ce mélange de désordre et de malice, de crainte et de passion qui se fait jour à l'insu de celle qui écrit, et peint avec les vives couleurs d'une nature excentrique le malaise de l'émulation et cette secrète agitation dont les talens du premier ordre ne sont pas exempts en face de tout autre talent.

» Mon bon, mon meilleur ami, je ne vou-
» lais vous écrire que lorsque j'aurais eu

» quelque chose d'intéressant à vous dire,
» mais je romps la glace et j'écris sans but
» aucun, excepté cependant l'idée de vous
» faire lire un peu mon griffonnage, qui, je
» n'en doute pas, vous fera tressaillir de joie
» et de bonheur, qui vous en donnera pour
» plusieurs jours, etc... Je dis cela parce que
» je juge des autres par moi-même. Je vous
» vois d'ici vous donnant une bonne tappe
» avec la main droite sur le front et sur la
» cuisse, en disant :

» — Mon Dieu, est-elle!... Mais il n'y a
» que les femmes... bonnes, bonnes, mille
» fois bonnes...

» Et moi, je réponds à tout cela :

» — Vrai, vrai, cent millions de fois vrai.

» Voyons si je pourrai rapapilloter une
» nouvelle.....

» Parlons du début de madame Lalande (1).

» Je suis au théâtre avec lady Flint, sa fille,
» et son mari. Me voilà, ma lorgnette bra-
» quée sur mes deux quinquets, sans bouger,
» attendant, après l'ouverture, que le *Pi-*
» *rate*, représenté par Donzelli, fasse son ap-
» parition.

» L'ouverture..... Hum!..... Comme ci,
» comme çà. Elle ne fait pas grand effet. On
» lève le rideau. Jolie décoration... On ap-
» plaudit l'ouverture. Un bon décorateur est
» l'artiste le plus important pour la réussite
» d'une ouverture.

» Le Pirate arrive... Un air bien beuglé,

(1) On voit que Maria, l'esprit tout occupé du début de
madame Lalande, avait un but en commençant cette lettre, c'était celui de soulager son âme, dans le cœur d'un
ami, des émotions de la soirée.

» bien hurlé lui vaut des applaudissemens
» non mérités, qu'il reçoit en faisant trente-
» six mille courbettes et révérences... jusque
» dans les coulisses.

» L'air n'est pas mal, il y a de l'origina-
» lité.

» Changement de décoration.

» *Venga la bella Italiana* (1) *!* disait *mon*
» *petit moi*, qui s'impatientait. Enfin, la
» voilà, dis-je en m'avançant en dehors de
» la loge pour mieux voir. Imaginez une
» femme d'un âge frisant la quarantaine,
» blonde, visage d'ouvrière en journée, sans
» presque pas de bonne expression, pas jolie
» taille, ayant de commun avec moi le plus

(1) On sait que madame Lalande n'était ni belle ni Italienne.

» vilain pied du monde, coiffée désavanta-
» geusement et habillée idem.

» Commence le récitatif... Sa voix tremble
» si fort que je ne puis juger si elle est aigre,
» douce ou autrement.... J'attends patiem-
» ment la cavatine pour juger.

» Commence la cavatine..... Elle file un
» son.

» Me voilà à plaindre cette malheureuse,
» qui ne trouve pas son courage. Elle finit
» son air, qui est très joli et qu'elle chante
» toujours avec cette maudite continuation
» ondoyée... Elle est couverte d'applaudis-
» semens, d'encouragemens... Mille révé-
» rences, d'usage à Londres seulement, et
» dont on lui a dit l'effet, lui valent des
» salves prolongées.

» **Arrive le beau duo que vous connaissez**

» Elle chante ce duo froidement et tou-
» jours en tremblant.

» Enfin, pour ne pas vous ennuyer plus
» longtemps, elle finit l'opéra comme elle l'a
» commencé. Elle a un bel air à la fin, où
» elle est folle. On vient de tuer son *consorte*
» et son amant. Elle arrive avec un petit
» enfant qui bâille, parce qu'il aime mieux
» faire dodo que d'entendre un air *lacrimoso*
» qui a besoin d'être chanté et surtout joué
» d'une manière tout opposée pour y pro-
» duire un effet délirant. Il en a résulté
» qu'elle n'a pas fait le moindre effet. On l'a
» cependant redemandée après. Elle est ar-
» rivée recueillir les applaudissemens les plus
» anonymes, les plus unanimes, veux-je
» dire, qui aient jamais été donnés, car on
» disait bien généreusement qu'elle n'était

» pas bonne. Mais je n'ai pas voulu la juger
» comme tout le monde, au premier abord,
» j'ai attendu.

» Or, *vien il meglio*, comme dit Susanne.
» J'ai découvert que cette manière de chan-
» ter et de filer le son⸺⸺⸺⸺⸺
» était une qualité immuable, fixe, éternelle !
» Vous comprenez combien nos voix iront
» peu ensemble... deux à deux, comme trois
» chèvres. Ses notes du milieu sont comme
» un fil de fer tendu qui produirait un petit
» son rouillé, perçant et peu ou pas du tout
» agréable.

» L'opéra n'est pas mauvais, il s'en faut,
» mais il y a beaucoup de *faiblesses*. Il y a un
» trio magnifique entre les deux rivaux et
» l'épouse qui est, si fidèle amante du Pirate,
» que le rival et époux se trouve tout bon-

» nement aux pieds de sa femme qui ne
» veut pas consentir à le suivre malgré son
» humble posture.

» Un autre que moi aurait expliqué d'une
» manière plus intelligible cette scène qui
» ressemble beaucoup à celle d'Otello, Yago
» et Desdemona; mais, comme je sais à qui
» j'ai à faire, je ne me donne pas la peine
» d'écarter les ténèbres qui règnent généra-
» lement dans toutes mes descriptions.

» Comme le proverbe qui dit : « L'on ap-
» prend à hurler avec les loups » est vrai !
» Je m'aperçois que je ne dis plus un mot
» ni n'écris une phrase sans intercaler une
» de ces interminables parenthèses. Vous ver-
» rez par là comme c'est amusant lorsqu'on
» veut savoir une chose qui vous intéresse de
» n'en venir jamais au but, de tergiverser

20

» sans cesse, d'ondoyer l'intérêt de l'histoire
» et d'aller en zigzaguant... Enfin vous savez
» ce que je veux dire. C'est un avis que je
» vous donne en passant , parce que je ne
» veux pas d'inutilités dans les lettres que
» j'attends de vous journellement, qui m'ins-
» truiront des progrès de vos santés ou de la
» décadence d'icelles. »

> Ce 29 avril 1830.

» Je débute, parce que Laporte est un peu
» dans la débine : il est en décadence. Le
» petit succès de madame Lalande le défrise,
» et il m'attend comme le Messie pour le
» tirer du bourbier dans lequel il est jusque
» z'au cou.
» Vous savez que les ramoneurs font tou-
» jours leur début le 1er du joli mois de mai,

» en dansant dans les rues, habillés en chie-
» en-lit et couverts de rouge ?... Je suis bien
» aise de ne pas paraître ce jour-là, de peur
» de la comparaison...... Il y en aura tant
» d'autres à faire sans celle-là !...

» Vous saurez que la peur me galope tel-
» lement que j'en... suis malade. Passons à
» autre chose.

» Je vais déjeûner. Ce soir, après l'opéra,
» vous saurez comment j'aurai été. »

« Le 30 avril 1830.

» Voilà une corvée de passée. J'ai débuté
» hier au soir dans la *Cenerentola*. Mon ami,
» j'ai fait ce qui s'appelle *furore* en Angle-
» terre, car, à Paris, j'aurais pris mon suc-
» cès pour une demi-décadence (1). Cepen-

(1) Elle n'avait pas jugé de la même manière l'enthou-

» dant mon entrée a été belle. On m'a rede-

» mandée à la fin, et je puis dire que j'ai été

» complétement applaudie par toute la salle,

» le parterre comme les loges.

» L'on trouve ma voix plus forte que l'an-

» née passée. On a été enchanté de ma petite

» figure, ce qui m'est fort égal ; je vous le

» dis seulement parce que je vous dis tout.

» On m'a trouvée bien portante et pleine de

» moyens, ce qui est vrai en effet. J'ai fait

» preuve de la plus grande complaisance en

» consentant à débuter un jeudi, qui est un

» jour d'Italiens où personne ne va au théâtre,

» c'est-à-dire que l'on n'a l'habitude de jouer

» que pour des bénéfices. Aussi, malgré que

» la salle n'était pas tout-à-fait pleine, on a

siasme du public pour sa rivale... et pourtant le succès
de Maria avait été bien plus prononcé, bien plus brillant.

» été étonné de voir autant de monde; et
» comme c'était à cause de moi qu'on était
» venu, cela me met terriblement à la mode.

» J'ai vu, en traversant le théâtre, mon
» ami *Louchard*, auquel j'ai fait un salut
» gracieux, comme je le fais quand je ne
» veux pas en faire deux.

» Demain, je répète la même chose, et je
» crois que je chanterai bien mieux. Ce soir,
» je chante un air au concert des artistes...
» *vétérinaires*.

» Faut-il que je vous dise de nouveau que
» vous me tenez lieu de tout? Vous le savez
» mieux que moi. C'est à vous que je dois le
» peu de bonheur dont je jouis maintenant
» et dont j'ai joui à Paris. Vous êtes si bon!
» Aussi je porte une bague qui est le parfait
» emblème de notre amitié : un nœud qui ne

» peut se défaire ; plus on tire, plus il se

» serre. N'est-ce pas que c'est l'image de la

» plus parfaite et solide affection, de la plus

» durable et plus pure amitié ? Oui, plus

« j'y pense et plus je comprends par cette

» amitié l'éternité, car il me semble que je

» dois vous rencontrer après que je serai

» morte, et que je vous aimerai encore et de

» même... Comme c'est beau, l'éternité dans

» ce cas..... Mais il y a des choses dans ce

» monde de mort et de misères qui dureront

» une éternité...

» J'avais écrit, dans mon désespoir, à

» Viardot, qui a fait tout ce qu'il a pu pour

» me consoler. J'étais si malheureuse que j'ai

» dit à lady Flint, ma bonne amie, quel

» était mon malheur (1). Elle en a parlé à

(1) Il s'agit ici de son divorce.

» un de ses amis, un excellent homme qui
» m'a dit que dans un pareil cas il avait été
» lui-même tiré d'embarras en consultant un
» monsieur de ses amis, un lord fort âgé
» (il a soixante-dix ans), qui, à ce qu'il
» paraît, connaît les lois comme ses poches.
» Ce matin, à midi, sir Georges Warender,
» qui est *le vieux ami* du *plus vieux*, viendra
» me parler de cela. Comme je ne risque rien
» en prenant des renseignemens, je lui en
» dirai autant qu'il faudra (pas davantage)
» pour qu'il me donne un avis salutaire qui
» soulage un peu mon âme oppressée.

. » Si vous étiez bien près de moi et que je
» pusse vous parler... je ne demanderais pas
» d'avis, je ne chercherais pas ailleurs un
» remède à ma douleur..... Mais..... mon
» ami.,. je vous en prie, ne me faites pas de

» surprise. Lorsque le jour heureux où je
» dois vous revoir viendra, dites-le-moi bien
» longtemps d'avance, afin que j'avale à
» longs traits, par avance, ce bonheur dont
» j'aurai bientôt la source... Oui, vous en
» êtes la source la plus pure ; vous pouvez
» seul faire lever la tête à cette fleur qui est
» courbée vers la terre ; vous la faites renaî-
» tre, vous lui faites reprendre, par votre es-
» prit, toute sa force, toute sa vigueur... La
» pensée!.... Et cette fleur est celle qui ne
» vous quitte jamais, qui est toute pour
» vous, parce que vous êtes bon, parce que
» vous savez consoler les affligés, parce que
» vous leur donnez des conseils de père,
» parce que vous êtes leur frère, parce que
» vous êtes le mien, et parce que... parce
» que... Ah ! ma foi, je n'en finirais plus avec

» mes *parce que*, s'il fallait tous les faire pas-
» ser en revue devant M. le...

» Maintenant je vous quitte, je vais m'ha-
» biller pour attendre mon homme, *ami du*
» *vieux ami*, et puis je vais à ma répétition.

» Adieu, papa, maman, frère, sœur, adieu,
» tout, tout, là. »

« Ce 1er mai.

» J'ai eu du monde toute la journée pour
» répéter, je n'ai pu vous écrire, mon bon
» ami; la voiture est en bas, elle m'attend
» pour aller au théâtre, où elle me quittera,
» ainsi que ma pantoufle, si je tarde; mon
» cocher deviendra un gros rat, mon laquais
» un écureuil, mes chevaux une belle paire de
» souris.

» Je vous écrirai le succès de ce soir,

» soirée fashionable à Londres pour notre
» théâtre.

» Je viens de jouer, mon bon et sincère
» ami ; jamais, mon cher, jamais, de toute la
» saison, on n'avait vu une *pleine* aussi gran-
» de. On a renvoyé du monde en grande
» quantité. J'ai mieux chanté que jeudi. Tous
» mes camarades sont enchantés de moi et ont
» l'air de m'aimer infiniment. Ils sont venus
» me féliciter après l'opéra, et ils disaient en-
» tre eux en s'en allant : Voilà ce qui s'ap-
» pelle chanter... Voilà une véritable artis-
» te... Quel talent ! »

» Cela m'a beaucoup amusée, en même
» temps je suis fâchée que cela soit, pour la
» peine que cela peut leur faire, mais cela
» est. »

Cette lettre est précieuse ; on y saisit la nature sur le fait. C'est un portrait vivant du caractère de Maria.

Quel mélange de gaîté et de mélancolie ! Quelle manière de s'élever aux pensées les plus sévères, pour dévier ensuite brusquement et retomber dans le trivial ou le burlesque ! On dirait des brillantes fusées qui, lancées d'abord hardiment dans l'espace, s'élèvent avec rapidité, puis s'écartent subitement de leur ligne et retombent en bourdonnant et décrivant des cercles grotesques sur la poussière.

Quel désordre et quelle richesse à la fois d'imagination ! mais surtout quelle naïve sincérité, quel confiant abandon ! Comme elle a foi dans l'amitié, dans le succès et jusque dans les complimens de ses camarades !

XVII.

Maria joua dans le courant de la saison à Londres, outre la *Cenerentola*, *Romeo et Julietta* de Zingarelli, *Othello* et le *Mariage secret*.

La première représentation de ce dernier opéra fut donnée pour le bénéfice de Donzelli.

Maria joua le rôle de Fidalma avec un grand succès.

Se plaçant au-dessus de tout sentiment de coquetterie comme à Paris, elle eut le courage de représenter ce personnage d'une manière burlesque et tel que Cimarosa l'avait conçu.

Il faut que le visage de la tante accuse déjà des rides et que son costume date d'une génération au-dessus de celle de ses nièces, pour faire ressortir tout le ridicule de ses prétentions sur les prétendans de celles-ci, et certes, le rôle de la tante dans les querelles de famille se comprend beaucoup mieux sous le costume que Maria lui avait donné, bien qu'un peu exagéré, que sous l'élégante robe et la coiffure coquette de la belle mademoiselle Amigo.

En voyant sa taille svelte et son visage plein de beauté et de jeunesse, on est tenté de trouver que les amoureux de ses nièces avaient fort mauvais goût de ne pas lui donner la préférence, et que l'auteur du libretto n'a pas eu le sens commun.

Maria éprouva quelque crainte en abordant le rôle de Roméo devant le public de Londres, qui avait tant applaudi la Pasta sous le costume du jeune Montecchi, mais le succès de Maria ne fut pas moins brillant à son tour.

Ce n'est pas la supériorité seule qui suffit à compléter les jouissances du spectacle : c'est surtout l'individualité, qui, en les variant, modifie à l'infini ses sensations. Aussi lorsqu'on est exempt de la manie qui soumet les plaisirs que les arts procurent à une loi systé-

matique de comparaison, on est souvent surpris d'éprouver un intérêt, un frémissement
involontaire causé par une nouvelle sensation,
en écoutant un air qu'on avait entendu à un
bon chanteur, rendu même par un talent médiocre...

La différence du timbre de la voix, l'accent, l'ame qui se pénètre du sentiment de la
musique et l'exprime selon sa puissance, l'esprit qui saisit le sens des paroles et les comprend d'après lui, tout contribue à varier, à
renouveler les impressions : aussi, ce qu'il
faut éviter avant tout, dans le chant, c'est
l'imitation.

Il est vrai qu'il y a bon nombre de personnes qui, ayant l'ame aussi paresseuse que d'autres ont l'esprit, aiment mieux qu'on repro-
duise sur elles toujours les mêmes sensations,

plutôt que d'être obligées d'en recevoir de nouvelles, et préfèrent les *calques*, au risque de s'en ennuyer.

Mais celles-là ne sont pas nées poëtes et, à coup sûr, les jouissances qui leur arrivent par les arts ne font pas une grande part de leur existence ; pourtant (ce qui n'est pas rare, appliqué à bien des choses) c'est précisément à ces juges-là qu'on sacrifie toute originalité, et lorsqu'un type s'est présenté au théâtre, c'est à qui l'imitera, pour être assuré d'avance du succès.

Mais ce qui peut arriver de plus heureux à un artiste, c'est de ne pas avoir de traditions en abordant un rôle. S'il a de l'intelligence et le sentiment de l'art, il peut être certain de réussir. Maria ne fut jamais si belle que dans les rôles qu'elle créa.

Une des causes qui contribuèrent à déter-
miner sa supériorité dans le jeu, c'est que dans
les opéras de Rossini, comme dans bien d'autres qui n'avaient pas été faits pour elle, elle
n'imita personne.

Ayant abordé toutes ces œuvres en Amérique et la plupart avant de les avoir vu
jouer, elle les rendit telles qu'elle les avait
conçues.

Ainsi, ses inspirations dans le rôle de Desdemona furent neuves et heureuses. Lorsqu'elle paraît sur la scène, au moment où
Otello et Rodrigo vont se battre, Maria ne regarde pas celui-ci, elle ne paraît pas s'apercevoir de sa présence sur la scène.

Ses yeux, son ame, toutes ses facultés semblent concentrées sur son amant; elle n'est
occupée que de sa douleur, de son injuste

ressentiment, de la crainte de perdre sa tendresse.

Le duel ne l'occupe que d'une manière se-
condaire, et si elle veut l'empêcher, c'est pour
éviter à Otello un attentat injuste, mais pour
sa vie, elle ne craint rien. Elle semble le supplier seulement pour qu'il épargne l'objet de
sa haine, mais pour lui, elle ne redoute pas
qu'il succombe.

Tant qu'Otello est là devant elle, elle ne
voit que sa force, son courage, sa gloire; elle
ne songe pas à son danger, parce qu'elle le
croit tout-puissant, et ne s'occupe qu'à le
calmer.

Il ne lui vient pas dans l'idée de supplier
à son tour Rodrigo, comme l'avaient fait jusqu'alors les autres artistes à qui ce rôle avait
été confié à Paris, qui, ne songeant pas à met-

tre en jeu les ressorts cachés d'une passion
profonde et exaltée dans une femme, ne
voyaient qu'un homme dans leur amant, et
dans Rodrigo et Otello, que deux ennemis à
réconcilier.

Mais lorsque Maria perd de vue le dernier, cette foi dans la force invincible de
son amant, que jusqu'alors elle avait puisée
dans son regard, se dissipe aussitôt, et sa
douleur et ses angoisses deviennent sublimes.

Mais surtout elle était incomparable, lorsque, plus tard, en apprenant qu'Otello vit encore, dans le saisissement de sa joie, elle se
précipite sur le devant de la scène, et par des
sons élevés et brillans, qui semblent partir du
fond de son ame, elle répète *Vive ! vive !* appelant ainsi tout le public à partager son bon-

heur... Eh! qui a pu entendre une fois la voix de Maria dans cette admirable phrase de *Il padre m'abandona* et l'oublier? quel cœur n'a pas été ému, quelles fibres n'ont pas été ébranlées à la triste mélodie de ce lien magique qui, en attachant un son à l'autre comme la trace lumineuse d'une étoile qui s'élance vers une autre étoile, portait dans son essence quelque chose de divin?...

Les intentions de cette admirable artiste ont été imitées depuis avec assez de succès, mais ce cachet original, cette vérité spontanée, lui appartiendront toujours, et le souvenir des impressions que nous avons reçues d'elle auront toujours pour nous le charme de la *rimembranza del 'primo amor.*

Ce fut pendant cette saison de Londres,

en 1830, que Maria fit connaissance avec Lablache, cet admirable chanteur , cet homme de bien dont on ne saurait trop faire l'éloge, soit commé grand artiste, soit comme l'honneur de son état par l'élévation de ses sentimens, son esprit droit et la bonté de son cœur.

Maria, qui éprouvait un attrait instinctif pour toute supériorité d'ame ou de talent, ne tarda pas à s'attacher à lui, et cette amitié si vive d'abord ne fut jamais altérée.

Bons et charitables tous deux, ils se rencontraient souvent de moitié dans leurs bonnes actions.

Un jour, à Londres, un Italien émigré s'adressa à Lablache pour lui demander un secours. Le pauvre exilé avait la permission de rentrer dans son pays, mais il était dans la gêne et n'avait pas les moyens de payer son voyage.

Le lendemain, Lablache, pendant la répétition et lorsque tous ses camarades étaient réunis, leur fit la proposition de se cotiser pour secourir leur malheureux compatriote. Tous répondirent à l'appel.

Madame Lalande, Donzelli, promirent chacun 50 francs. Alors Lablache se tournant vers Maria, qui avait gardé le silence jusqu'alors, lui dit :

« — Et toi, Maria, que veux-tu donner ?

» — Comme les autres, » répondit-elle.

Le bon Lablache partit avec son petit trésor et fut tout de suite l'offrir au malheureux Italien.

Le lendemain, Maria étant seule avec Lablache lui dit : « Ajoutez à mes 50 francs pour ce pauvre homme 250 francs ; je ne vous en ai pas parlé hier parce que je ne voulais pas donner plus que mes camarades, n'en dites rien. »

Et ce bon Lablache de courir chez son pro-tégé, qui, profitant du bienfait de la veille, était déjà parti pour aller s'embarquer...

Le bienfaiteur ne se décourage pas, il va, il se presse et arrive juste lorsque le bateau à vapeur fendait déjà majestueusement les eaux de la Tamise...

Alors l'ardeur charitable de l'excellent homme s'accroît par la difficulté, et faisant approcher du rivage, à la hâte, un bateau, il y monte, se fait conduire jusqu'au bâtiment, l'aborde et remet enfin le surplus de la quête à l'émigré, qui par sa joie et l'expression de sa reconnaissance le dédommage amplement de sa peine.

TABLE

Des chapitres du premier volume.

FIN DE LA TABLE DU PREMIER VOLUME.

Imprimerie de E. JACQUIN, à Fontainebleau.